अप्रेषित पत्र जीवन में विवेक को सादे, किन्तु अति प्रभावशाली रूप में प्रस्तुत करती है। हम अपनी दैनिक वरिष्ठ प्रबंधन मीटिंग की शुरुआत अप्रेषित पत्र के एक 'विवेकपूर्ण विचार' के साथ करते हैं, और इससे जीवन के प्रति हमारे नज़रिए में महत्त्वपूर्ण बदलाव आए हैं।

मुरुगवेल जानकीरामन
सी.ई.ओ. मैट्रीमोनी डॉट कॉम

मैं अक्सर रात को इस पुस्तक का एक लेख पढ़ता हूँ। इसके संक्षिप्त व शक्तिशाली विचार आश्चर्यजनक रूप से मुझे उस समय चाही गई स्पष्टता प्रदान करते हैं। यह गूगल के समान है, जो मुझे तुरंत जवाब देता है, फ़र्क बस यही है कि वे जवाब मेरे प्रिय महात्रया के होते हैं।

जी.आर. 'आनंद' अनंतपद्मनाभन
जी.आर.टी. ग्रुप

जो स्त्रोत मेरे विचारों को प्रभावित करता है, और जो व्यक्ति मेरे कार्यों के माध्यम से इस संसार में परिवर्तन लाता है, वह महात्रया हैं। किसी भी व्यक्ति की बेहतरीन यात्रा के लिए यह पुस्तक एक शुरुआत और परिवर्तन लाने वाली साबित होगी। सभी इसके योग्य हैं। आज ही अपनी यात्रा आरंभ करें।

अतुल एन. शाह,
एम.डी, एफ़.ए.सी.ए.ए.आई, एफ़.ए.ए.ए.आई,
मेडिकल डायरेक्टर, सेन्टर फ़ॉर अस्थमा ऐंड एलर्जी, न्यू यॉर्क, यू.एस.ए.

इनफ़िनिथीज़्म

एक ऐसा पथ है जो किसी भी ऐसे व्यक्ति के लिए
महत्त्वपूर्ण खोज बन सकता है, जो मानव प्रयत्नों
के किसी भी पहलू –
आध्यात्मिक, भावनात्मक तथा भौतिक – में प्रबल रूप
से अधिकतम से भी अधिक पाने की
इच्छा रखता हो। यह मनुष्य की आत्मा का
इस प्रकार कायाकल्प कर देता है कि वह अपनी विशाल
व अनंत संभावना में विश्वास रखने लगती है।

www.facebook.com/infinitheism

www.infinitheism.com

प्रिय पाठकों,

इस पुस्तक का कोई भी पृष्ठ खोलिए।
जिज्ञासु की जिज्ञासा शांत करने के लिए
एक उत्तर वहाँ इंतज़ार करता मिलेगा।

यह पुस्तक मैं आपको समर्पित करता हूँ।
ये आप ही के प्रश्न थे जिनके उत्तर मेरे
माध्यम से प्रकट हुए हैं। इस प्रकार, आप
इस पुस्तक के सह-लेखक हैं।

इसके पृष्ठों में आप ऐसे समाधान पाएँगे जो आपको मनुष्य की अंतरात्मा की विस्तृत, अंतहीन संभावना को पहचानने में सक्षम बनाएँगे। यह पुस्तक आपके लिए है, जो अपने सभी प्रयासों – आध्यात्मिक, भावनात्मक व भौतिक – में प्रचुरता की चाह रखते हैं। आप ऐसे कारगर उपाय खोज लेंगे जो आपको जीवन में अधिकतम से भी अधिक की ओर ले जाएँगे...

महात्रया रा

अप्रेषित पत्र

Celebrating 79th Birthday

25/06/1946

Anandji Rathi

दुनिया के लिए आप एक व्यक्ति है,
परन्तु परिवार के लिए आप पूरी दुनिया है !

With Best Compliments From:

Shashi-Suresh, Varsha-Saurabh
Anaisha, Ayaansh Rathi
Surbhi-Rohit, Samarth, Viaansh Mohta

Suresh Rathi
Wealth Creator thru Systematic Investment
Since 1981

अप्रेषित पत्र

महात्रया रा

अनुवाद : अचलेश चंद्र शर्मा

MANJUL

मंजुल पब्लिशिंग हाउस

MANJUL

मंजुल पब्लिशिंग हाउस

कॉरपोरेट एवं संपादकीय कार्यालय

• द्वितीय तल, उषा प्रीत कॉम्प्लेक्स, 42 मालवीय नगर, भोपाल-462003

विक्रय एवं विपणन कार्यालय

• सी-16, सेक्टर 3, नोएडा, उत्तर प्रदेश - 201301, इंडिया

वेबसाइट : www.manjulindia.com

वितरण केन्द्र

अहमदाबाद, बेंगलुरू, भोपाल, कोलकाता, चेन्नई,
हैदराबाद, मुम्बई, नई दिल्ली, पुणे

महात्रया रा द्वारा लिखित मूल अंग्रेजी पुस्तक
अनपोस्टेड लेटर का हिन्दी अनुवाद

यह हिन्दी संस्करण 2011 में पहली बार प्रकाशित
15वीं आवृत्ति 2024

ISBN 978-81-8322-211-2

हिन्दी अनुवाद : अचलेश चन्द्र शर्मा

मुद्रण व जिल्दसाज़ी : थॉमसन प्रेस (इंडिया) लिमिटेड

विषय सूची

प्रस्तावना

प्रिय पाठकों,

महात्रया रा की पुस्तक 'अनपोस्टेड लेटर' (अँग्रेज़ी संस्करण) पढ़कर मुझे लगा कि यह वाक़ई जीवंतता से भरपूर है और हमारी ज़िंदगी के बहुत क़रीब भी है। इसीलिए मैंने मंजुल पब्लिशिंग हाउस को सुझाव दिया कि इसका हिन्दी संस्करण प्रकाशित करें, ताकि यह पाठकों के एक बड़े वर्ग तक पहुँच सके और वे भी इसका लाभ उठा सकें।

इसके छोटे-छोटे पत्रों में ज़िंदगी के बहुत सारे फ़लसफ़े हैं और मुझे उम्मीद है कि मन की शांति के साथ-साथ परिवार में प्यार बढ़ाने और ज़िंदगी में तरक्की पाने में यह आपके लिए मददगार साबित होगी।

शुभकामनाओं सहित,

सुधीर अग्रवाल

प्रबंध निदेशक, दैनिक भास्कर समूह

मेरे प्रिय पाठकों,

मेरे जीवन ने मुझे जीना सिखाया है। रूपांतरण के लिए मेरे पास आने वाले जिज्ञासुओं ने किसी न किसी रूप में मेरा भी रूपांतरण किया है। मेरा हर शिष्य मेरा गुरु रहा है। जीवन के प्रति अपनी इस समझ व बोध को मैं संरक्षित कर देना चाहता हूँ। पुस्तकें दरअसल छपे हुए पृष्ठों में संरक्षित कर दिए गए शब्द ही तो हैं। इसीलिए 'अप्रेषित पत्र' नामक यह पुस्तक आपके हाथ में है। इसके माध्यम से मैं आपके दिलोदिमाग़ तक पहुँचना चाहता हूँ। कृपया मुझे आने दीजिए...

आइंस्टाइन ने अपना पूरा जीवन लगाकर इस विश्व को कुछ सिद्धांत दिए और तब से विश्व की काया पलट होती चली गई। एडीसन के जीवन ने विश्व की जीवन शैली ही बदल डाली। महात्मा गाँधी और नेल्सन मंडेला ने एक नई संस्कृति को जन्म दिया। मिल्टन व टैगोर ने काव्य की परिभाषा बदल दी। त्यागराज ने संगीत को पुनः परिभाषित किया। ज़ाकिर हुसैन ने तबले को नया मुक़ाम दिया। रॉजर बैनिस्टर और एडमंड हिलेरी ने मानव-क्षमता को नए अर्थ दिए। सुकरात, अरस्तु और प्लेटो ने दुनिया की सोच ही बदल डाली। हर इंसान में केवल अपना उत्थान करने की ही क्षमता नहीं होती, बल्कि मानवता की समूची चेतना का उत्थान करने की शक्ति भी होती है।

मुझसे पहले अनेक लोगों ने मानव चेतना के विकास में अपनी भूमिका निभाई है - और हम सब उसका लाभ भी उठा रहे हैं। लेकिन हम ख़ुद कौन सी भूमिका निभाने जा रहे हैं?

मेरा यह विनम्र प्रयास उसी दिशा में है... अपने पाठकों में एक नई सोच पैदा करना।

महात्रया रा

‘आज’ आपको ईश्वर की ओर से उपहार में मिला है।

किसी चीज़ के पीछे छिपी भावना को पहचान लेने से वह चीज़ उपहार बन जाती है। और उस भावना को न पहचानने से उपहार भी केवल एक चीज़ बनकर रह जाता है।

एक कलम तब उपहार बन जाती है, जब आप उस भावना को पहचान लेते हैं, जिस भावना से वह आपको दी गई है। जब आप अपने लालन-पालन में रची-बसी अपने माता-पिता की भावना को पहचान लेते हैं, तब आपको अपना बचपन उपहार जैसा लगने लगता है। शिक्षा तब उपहार बन जाती है, जब आप उस शिक्षक की भावना को पहचान लेते हैं, जिसने अपना ज्ञान आपमें उड़ेल दिया है। आपका जीवन स्तर तब उपहार बन जाता है जब उसके उत्थान के पीछे आप अपने नियोक्ता की भावना को पहचान लेते हैं। और संस्थान में हो रहा विकास और वृद्धि तब उपहार बन जाते हैं, जब अपने कर्मचारियों द्वारा की गई मेहनत में आप उनकी भावना को पहचान लेते हैं।

कोई चीज़ उपहार नहीं होती, बल्कि उपहार तो एक दृष्टिकोण है - उस चीज़ के पीछे छिपी भावना पर ध्यान देने का दृष्टिकोण।

इस अर्थ में ‘आज’ एक उपहार ही है। जिस तरह हर उपहार किसी न किसी स्रोत से आता है, उसी तरह ‘आज’ रूपी बहुमूल्य उपहार भी आपको या तो ईश्वर की तरफ़ से भेंट में मिला है या इसका यह अर्थ है कि आप अपना पिछला दिन जी चुके हैं। कल रात जो लोग सोए थे, उनमें से हर व्यक्ति आज सुबह जाग नहीं सका है। लेकिन आप तो सचमुच जागे हैं, यानी ऊपर विराजमान कोई शक्ति अभी आपको इस योग्य

मानती है कि आपको एक और 'आज' दिया जाए। आपको ये चौबीस घंटे दिए जाने के पीछे की उस दैवीय भावना को पहचानें। यह जान लें कि आपका 'आज' ईश्वर की ओर से आपको दिया गया एक उपहार है। यह समझ लें कि उपहार के साथ किया गया दुर्व्यवहार उसके दाता के प्रति किया गया दुर्व्यवहार होगा। अपने जीवन का बर्बाद किया गया एक भी दिन इस उपहारदाता के साथ किया गया दुर्व्यवहार है, विश्वासघात है। जब आप किसी उपहार का महत्व जान जाते हैं, केवल तभी आप उसका मूल्य समझ सकते हैं। 'आज' को महत्व दें और इसे मूल्यवान बनाएँ।

आज आप अपने जीवन के एक दिन का सौदा करेंगे, कि इसके बदले में आपको क्या मिलेगा। इसलिए अपने आज को जितना हो सके उतना उत्पादक बनाएँ। आज आपके शेष जीवन का पहला दिन है। इसलिए अपने अतीत को लक्ष्मण रेखा के पीछे बाँध दें, विश्वास करें कि बीता हुआ कल तो कल के साथ ही ख़त्म हो गया है, इसलिए भविष्य में जाने के लिए अपने 'स्पीड बटन' को दबा दें। 'आज' न तो आपके अतीत के दोषों में रुचि रखता है और न ही भविष्य की अनिश्चितताओं से विचलित होता है - यह अपने आपमें एक स्वतंत्र दिन है, अपने आपमें एक अवसर है, और अपने आपमें जीवन का एक अंश भी। इसलिए आप अपने प्रत्येक 'आज' का ख़याल रखें, इसी से आप अपने पूरे जीवन का भी ख़याल रख सकेंगे।

बुद्ध ने कहा है, "उठो और आभार प्रकट करो, क्योंकि यदि आज हमने बहुत अधिक नहीं सीखा है तो थोड़ा-बहुत तो सीखा ही है, और यदि हमने थोड़ा-बहुत भी नहीं सीखा है तो कम से कम हम बीमार तो नहीं पड़े हैं, और यदि हम बीमार पड़ भी गए हैं तो भी कम से कम हम जीवित तो हैं, इसलिए हम सब को अभारी होना चाहिए।"

प्रार्थना करें, "हे ईश्वर, मेरा यह दिन मुझे आपकी ओर से मिला उपहार है, और इस दिन को मैं जिस तरह जिऊँगा, वह मेरी तरफ़ से आपको एक उपहार होगा।"

• • •

शिखर पर पहुँचने का कोई आसान रास्ता नहीं होता।

जब आप अपनी गाड़ी लेकर सड़क पर निकलते हैं तो आपको ट्रैफ़िक जाम तो झेलना ही पड़ेगा। अगर आप स्वास्थ्य चाहते हैं, तो आपको स्वाद का लालच तो छोड़ना ही पड़ेगा। आय होगी तो आयकर भी चुकाना ही पड़ेगा।

जीवन में आप जो कुछ भी चुनते हैं, उसके साथ जुड़ी सुविधा और दुविधा, उसके फ़ायदे और नुक़सान, उसके सुख और दुख भी साथ चले आते हैं। बिना काँटों वाली गुलाब की झाड़ी ढूँढ़ने में आप अपना समय व्यर्थ ही नष्ट करेंगे। जब आप सिक्के का एक पहलू चुनते हैं तो उसका दूसरा पहलू भी आप स्वतः ही चुन चुके होते हैं। एक कष्टरहित, दुखरहित जीवन की इच्छा न करें। महात्माओं को भी कष्ट और दुख से रहित सौभाग्यशाली जीवन प्राप्त नहीं हुआ। ऐसा कोई जीवन होता ही नहीं है।

इच्छाएँ जितनी बड़ी होंगी, समस्याएँ उनसे भी बड़ी होंगी। जब आप चहलक़दमी करना चाहते हैं तो शायद ही कोई समस्या हो, लेकिन जब आप मैराथन में दौड़ना चाहते हैं तो स्पष्ट है कि आपके सामने ऐसे कई मुद्‌दे आ खड़े होंगे, जिनसे आपको निपटना पड़ेगा। जब आप केवल अपना वजूद बनाए रखना चाहते हैं, तो आपके सामने कुछ छोटे-मोटे मुद्‌दे ही आएँगे। लेकिन जब आप अपनी भीतरी शक्ति के उच्च स्तर पर जीना चाहते हैं, तब आपको बड़े-बड़े मुद्‌दों से दो-चार होना पड़ेगा। किसी छड़ी का एक सिरा उठा लेने से उसका दूसरा सिरा भी आप उठा चुके होते हैं। यदि आप तराशे जाने के लिए तैयार हैं, तभी आप पूजनीय मूर्ति बन सकते हैं। शिखर पर पहुँचने का कोई आसान रास्ता नहीं है

और जो शिखर पर पहुँचे हैं, वे आसानी से नहीं पहुँचे हैं।

आख़िर इतिहास पढ़ने वालों और इतिहास रचने वालों में फ़र्क़ तो होता ही है।

बाइबल का अध्ययन करने वाले एक समूह में मॅलकाइ 3:3 पढ़ा गया, "वह (ईश्वर) चाँदी को परिष्कृत व शुद्ध करने वाले की तरह विराजमान होगा।" ईश्वर के लक्षण व स्वभाव के बारे में इस बात का क्या अर्थ निकलता है ? उसी सप्ताह उस समूह की एक महिला ने सुनार से इस बात की अनुमति ली कि वह उसे काम करते हुए देखना चाहती है। उस महिला ने देखा कि सुनार ने चाँदी को तपाने के लिए उसे आग की लपटों के ऊपर रखा। सुनार ने बताया कि चाँदी को लपटों के बीचों-बीच ठीक उस जगह पर थामकर रखना पड़ता है, जहाँ आग की लौ सबसे गर्म होती है, ताकि चाँदी का सारा खोट, उसकी सारी अशुद्धता जलकर राख हो जाए। उस महिला ने सुनार से पूछा कि क्या यह सच है कि उसे इस दौरान पूरे समय आग के सामने बैठे रहना पड़ता है। सुनार ने इस बात की पुष्टि की और बताया कि उसे न केवल चाँदी को थामे हुए आग के सामने बैठे रहना पड़ता है बल्कि पूरे समय चाँदी पर भी नज़र रखनी पड़ती है। यदि चाँदी ज़्यादा समय तक आग की लपटों के बीच रही तो नष्ट हो जाएगी। तब उस महिला ने पूछा, "आपको कैसे पता चलता है कि चाँदी पूरी तरह से शुद्ध व परिष्कृत हो गई है ?" वह मुस्कुराया और जवाब में बोला, "ओह, यह तो बड़ा आसान है... जब उसमें मेरी झलक दिखने लगे।"

आप यदि जीवन की गर्माहट महसूस कर रहे हैं तो याद रखें कि ईश्वर आप पर नज़र रखे हुए है और वह तब तक आप पर नज़र रखेगा, जब तक कि वह आपमें अपनी ख़ुद की छवि नहीं देख लेता। हर व्यक्ति के भीतर एक पैगंबर रहता है - सोया हुआ। ईश्वर इंसान बना है, ताकि इंसान फिर से ईश्वर बन सके। जीवन कोई ऐसी भट्टी नहीं है, जो आपको जलाए डाल रही हो, बल्कि यह तो आपको तपाकर चमकती-दमकती चाँदी में रूपांतरित कर रही है।

एक संबंध जो आपके लिए सबसे महत्वपूर्ण है...

यदि आप इस समय सुखी हैं तो ऐसा इसलिए नहीं है कि आपके जीवन में सब कुछ बिलकुल ठीक ही चल रहा है, बल्कि इसलिए है कि एक संबंध जो आपके लिए सचमुच महत्वपूर्ण है, वह बहुत अच्छा चल रहा है। और यदि आप जीवन में इस समय दुखी हैं तो इसलिए नहीं कि आपके जीवन में सब कुछ गड़बड़ चल रहा है, बल्कि इसलिए कि एक संबंध जो आपके लिए सचुमच महत्वपूर्ण है, उसमें कुछ गड़बड़ चल रही है।

संबंध तो बीज की तरह होते हैं, उन्हें पोषित और विकसित करना पड़ता है। अपेक्षाएँ खर-पतवार की तरह होती हैं। वे अपने आप पनपती रहती हैं। जब आप किसी संबंध को बनाए रखने के लिए अपनी ओर से बहुत कुछ देते हैं, तो अपेक्षाओं को नियंत्रित रखा जा सकता है। लेकिन जब किसी संबंध को उपेक्षित छोड़ दिया जाता है और उसमें असावधानी व लापरवाही आ जाती है, तो ये अपेक्षाएँ उस संबंध की जड़ें हिला देती हैं। जिन संबंधों में ठहराव आ जाता है, उनमें पनपती अपेक्षाएँ ही हमारी समस्याएँ बन जाती हैं।

इसके लिए हम बचत खाते का उदाहरण ले सकते हैं। बचत खाते में जमा राशि एक ऐसी सुरक्षित निधि होती है, जिसे हम जब चाहे निकाल सकते हैं - लेकिन उसमें से हम उतना ही धन निकाल सकते हैं, जितना हमने उस निधि में जमा किया होता है। इसी तरह, किसी संबंध से हम उतना ही पा सकते हैं, जितना हमने उस संबंध को दिया होता है।

एक ऐसे संबंध में जिसमें आपने पर्याप्त मात्रा में भावना की निधि जमा कर रखी है, वहाँ आपकी ग़लतियाँ सहन भी की जाती हैं और क्षमा भी। वहाँ आपकी आधी-अधूरी बात का अर्थ भी समझ लिया जाता है, और भले ही आपसे कोई चूक हो गई हो, लेकिन आपकी नीयत की सराहना की जाती है। कुल मिलाकर संबंध अच्छा चल रहा होता है, क्योंकि आपको अच्छा माना जा रहा होता है और आपको अच्छा इसलिए माना जा रहा होता है, क्योंकि आपने उस संबंध में सद्‌भावना की भरपूर निधि जमा कर रखी होती है।

लेकिन कुछ संबंध ऐसे हैं, जिनके बारे में हम यह मानकर चलते हैं कि ये तो बिल्कुल ठीक ही रहेंगे, कि इनमें कुछ गड़बड़ होने वाली नहीं है, और इसीलिए इन संबंधों का पोषण तथा विकास करने की भी कोई ज़रूरत नहीं है। अपेक्षाएँ तो पनपती चली जाती हैं लेकिन संबंध को बनाए रखने के लिए ज़रूरी कोशिशें नहीं की जातीं। फलस्वरूप सद्‌भावना की जमा-पूँजी चुक जाती है, बल्कि जितनी जमा की थी उससे भी अधिक निकाल ली जाती है। ऐसी स्थिति में, आपके द्वारा बोले गए हर शब्द के लिए आप दोषी ठहराए जाएँगे, आपकी हर हरकत पर सही-ग़लत का ठप्पा लगाया जाने लगेगा, वाक्-युद्ध छिड़ जाने और दरवाज़ा धड़ाम से बंद किए जाने जैसी घटनाएँ आम हो जाएँगी, न तो आपके किसी काम की प्रशंसा की जाएगी और न ही आपकी साफ़ नीयत का सम्मान किया जाएगा। ऐसा संबंध बारूदी सुरंग की ज़मीन पर चलने जैसा हो जाता है, जहाँ कभी भी विस्फोट हो सकता है और कितनी ही बार हो सकता है।

इसका समाधान बेहद आसान है - जमा करें, और जमा करें, और जमा करते रहें। किसी भी जीवंत संबंध से कुछ भी लिए बिना तो नहीं रहा जा सकता, लेकिन हम हमेशा उसमें भरपूर जमा भी तो कर सकते हैं। जिस चीज़ में भी आप अपने समय का निवेश करते हैं उस चीज़ में बढ़ोतरी होती ही है। संबंधों के पोषण के लिए भरपूर और बेहतरीन समय का

निवेश ज़रूरी होता है। दूसरे की बात सुनने व समझने के लिए समय निकालें। जब भी संभव हो, अपनी बात इस तरह रखें कि आपको समझा जा सके। अपने प्रेम को ज़ाहिर करें ताकि उसे महसूस किया जा सके। देने की नीयत रखें, और लेने का सलीक़ा भी सीखें। लेना दरअसल देने वाले के प्रति आदर दिखाने का एक तरीक़ा है और यह एक बड़ी राशि जमा करने जैसा भी है। लगातार जमा करते हुए अच्छे संबंध बनाते चलें और इस तरह अपने जीवन में ख़ुशियाँ भरते जाएँ।

पौराणिक कथाएँ बताती हैं कि देवताओं के संबंधों में भी समस्याएँ रही हैं। आपको एक अवसर मिला है कि आप देवताओं से एक पायदान ऊपर हो जाएँ।

अपने बच्चों के लिए
हम ही वह इकलौती क़ुरान हैं
जिसे वे अपने जीवन में पढ़ेंगे,
हम ही वह इकलौता वेद हैं जिसे वे देखेंगे,
वह इकलौती बाइबल हैं जिसे वे अनुभव करेंगे,
वह इकलौता धर्म हैं जिसका वे अनुसरण करेंगे।

आपका व मेरा जीवन उनके लिए
या तो एक चेतावनी बनेगा या एक मिसाल।

मैं जानता हूँ कि यह एक बड़ी भारी ज़िम्मेदारी है।
लेकिन इसके अलावा क्या कोई तरीक़ा है
यह बताने का कि आप इस धरती पर
उनसे पहले क्यों आए थे?

आप अपने जीवन में आई किसी भी चीज़ से ज़्यादा महत्वपूर्ण हैं।

पत्नी के जन्मदिन पर पति ने उसे एक कार उपहार में दी। पहले उसने कार की चाबियाँ सौंपीं, फिर एक पैकेट दिया जिसमें पत्नी के ड्राइविंग लाइसेंस सहित अन्य तमाम काग़ज़ात थे। इसके बाद उसने देर तक पत्नी का आलिंगन किया। फिर उसने प्रस्ताव रखा कि मैं बच्चों का ध्यान रखूँगा, तुम कुछ देर अपनी नई कार की सवारी का आनंद लो। पत्नी ने उसे धन्यवाद दिया, उसका चुंबन लिया और फिर कार लेकर चल पड़ी। वह मुश्किल से एक किलोमीटर ही गई होगी कि उसकी नई-नवेली कार सड़क के डिवाइडर से टकरा गई। उसे ख़ुद को तो चोट नहीं आई लेकिन कार में गहरी खरोंच पड़ गई। ये देखकर वह अपराधबोध में डूब गई, "अब मैं उनसे क्या कहूँगी? ये सब देखकर वे क्या कहेंगे?" उसके दिमाग़ में विचारों का तूफ़ान चल ही रहा था कि पुलिस भी आ पहुँची। उन्होंने कहा, "क्या हम आपका लाइसेंस देख सकते हैं?" उसके हाथ अभी भी काँप रहे थे, उसने वह पैकेट उठाया जो उसके पति ने उसे दिया था। उसमें से लाइसेंस निकालते हुए उसकी आँखों से आँसू बहने लगे। तभी उसका ध्यान उस पैकेट पर लगी एक पर्ची पर गया जिस पर उसके पति ने अपने हाथ से लिखा हुआ था, "प्रिये, यदि कोई दुर्घटना हो जाए तो प्लीज़ यह याद रखना कि जिसे मैं प्रेम करता हूँ वह तुम हो, कार नहीं- तुम्हें प्रेम करने वाला।"

वे लोग भाग्यशाली हैं जो यह समझ चुके हैं कि उन्हें व्यक्तियों से प्रेम करना है और वस्तुओं का उपयोग करना है, न कि वस्तुओं से प्रेम करना

और व्यक्तियों का उपयोग करना है।

कार में एक खरोंच लगने से हमारा ब्लडप्रेशर बढ़ जाता है, लेकिन अपने दिल पर लगने वाली खरोंच की शायद हम परवाह भी नहीं करते। मैं एक ऐसे व्यक्ति को जानता हूँ जिसने एक शिल्पकृति को जानबूझकर फ़र्श पर दे मारा और कहा, "पिछले अठारह साल से यह मुझे तनावग्रस्त किए हुए थी कि यह कहीं गिरकर टूट न जाए... मैंने सोचा कि आज दिखा ही दिया जाए कि बॉस कौन है, ताकि मन में शांति तो रहे।" मैं एक ऐसे व्यक्ति को भी जानता हूँ, जिसने अपने परिचितों को इसलिए दावत दी कि उसकी मर्सडीज़ बेंज़ कार को एक दुर्घटना में टक्कर लगी और अब वह कबाड़ बन चुकी थी। उसने बताया, "हालाँकि कार बिल्कुल कबाड़ हो गई है लेकिन मुझे कुछ नहीं हुआ, जबकि मैं उसके अंदर ही था। मैं सही-सलामत हूँ तो दूसरी कार भी ख़रीद सकता हूँ, लेकिन अगर कार बिल्कुल सही-सलामत रहती और मैं ऊपर चला गया होता तो सब कुछ बेकार था।"

हमारा जीवन सस्ती सी खिलौना कार से शुरू हुआ था। जब वह टूटी थी तो हम ख़ूब रोए थे। फिर हमारा स्तर बढ़ गया और हमें रिमोट कंट्रोल वाली थोड़ी महँगी कार मिल गई। जब वह टूटी तो हम फिर रोए। फिर हमें बैटरी से चलने वाली और भी महँगी कार उपहार में मिली। एक दिन जब उसने भी चलना बंद कर दिया तो हम उसके दुख में डूब गए। फिर आई 4 लाख की कार, उसके बाद 22 लाख की एस यू वी, फिर 86 लाख की लग्ज़री सेडान... लेकिन हर बार इस मशीन के साथ कुछ न कुछ होता ही रहा - चाहे उसमें खरोंच लगी हो या टूट-फूट हो गई हो - और हमारे तनाव व चिंता का पारा भी चढ़ता ही रहा। कुल मिलाकर देखें तो लगता है कि हमारे खिलौने तो बड़े होते चले गए, लेकिन हम ख़ुद बड़े नहीं हुए। जिन चीज़ों के लिए हम रो पड़े, उनका स्वरूप तो बदलता गया, लेकिन हमारा रोने का स्वभाव नहीं बदला, बस अब यह बचकाना नहीं है। अब हमने इसके नए-नए नाम रख दिए

हैं, जैसे ग़ुस्सा, निराशा, कुंठा, तनाव, बेचैनी आदि...।

खिलौने हमारे मनोरंजन के लिए होते हैं। खिलौनों का यही प्रयोजन होता है कि वे हमारे काम आएँ। समुद्र तट पर बनाए जाने वाले रेत के घरौंदे हों या महँगी एसयूवी, आधुनिकतम मशीनें हों या फिर कुछ और, हर चीज़ का अस्तित्व आपको ज़्यादा सुख-चैन देने के लिए है। जो कुछ आपके पास है, आप हर उस **चीज़** से बड़े हैं, हर उस **चीज़** से ज़्यादा मूल्यवान हैं। आप अपने जीवन में आई किसी भी **चीज़** से ज़्यादा महत्वपूर्ण हैं।

खिलौना तो बस एक खिलौना ही होता है। आप चाहे जितने खिलौने ख़रीद लें, लेकिन उन्हें खिलौनों जितना ही महत्व दें। वे केवल आपके उपयोग के लिए हैं, आपके सुख-चैन और मनोरंजन के लिए हैं। किसी खिलौने के लिए अब कभी अपना एक भी अनमोल आँसू न बहाएँ, चाहे वह खिलौना कितना भी क़ीमती क्यों न हो, आख़िरकार उन सबसे ज़्यादा मूल्यवान तो आप ख़ुद ही हैं।

तथ्य यह है कि "हम नहीं करते"
न कि "हम नहीं कर सकते।"

महत्व इसका नहीं है कि हमारे पास कितना है
महत्व वास्तव में इसका है कि
जो हमारे पास है, हम उसका क्या कर रहे हैं।

जो कुछ हमारे पास है उसे हम
बदल नहीं सकते, लेकिन उस तरीक़े को
सचमुच बदल सकते हैं
जिससे हम उसका उपयोग कर रहे हैं।

यदि सही ढंग से चला जाए
तो प्यादा भी वजीर बन सकता है।

कम लेकिन महत्वपूर्ण, ज़्यादा लेकिन मामूली।

इटली के अर्थशास्त्री विलफ्रेडो परैटो ने 1897 में 80/20 का सिद्धांत खोजा था, जिसे अब परैटो का सिद्धांत कहा जाता है। उनकी खोज थी कि 20 प्रतिशत योगदान से 80 प्रतिशत उत्पादन होता है, 20 प्रतिशत कारणों से 80 प्रतिशत परिणाम निकलते हैं, और 20 प्रतिशत प्रयास से 80 प्रतिशत फल प्राप्त होता है। जोसेफ़ जुरान ने उन 20 प्रतिशत को 'कम लेकिन महत्वपूर्ण' और 80 प्रतिशत को 'ज़्यादा लेकिन मामूली' की संज्ञा दी। आशुलिपि (shorthand) के आविष्कारक सर आइज़ैक पिटमैन की खोज थी कि हमारी दो तिहाई बातचीत को केवल 700 प्रचलित शब्द ही पूरा कर देते हैं। उन्होंने पाया कि हमारी 80 प्रतिशत सामान्य बातचीत में यही शब्द काम आते हैं।

एक छात्र अपने 80 प्रतिशत पाठ्यक्रम को अपने अध्ययन के 20 प्रतिशत समय में पूरा कर लेता है। परीक्षा में प्रश्न-पत्र के 80 प्रतिशत प्रश्न 20 प्रतिशत पाठ्यक्रम से लिए जाते हैं। 80 प्रतिशत विकास, लाभ और प्रतिफल में लगभग 20 प्रतिशत ग्राहकों का योगदान रहता है। 80 प्रतिशत व्यवसाय 20 प्रतिशत उत्पादन व सेवाओं से चलता है। 20 प्रतिशत कर्मचारी 80 प्रतिशत उत्पादन करते हैं। 20 प्रतिशत लोगों की राय समाज को परिभाषित कर देती है और किसी देश की जनसंख्या के 20 प्रतिशत का योगदान उस देश की अर्थव्यवस्था को परिभाषित कर देता है।

अगर आपके बिक्री विभाग में 20 लोग हैं तो उनमें चार बहुत बढ़िया होंगे, छह साधारण होंगे और दस तो बस यूँ ही टहल रहे होंगे। बिक्री

प्रबंधक ग़लती यह करते हैं कि वे उन अनुत्पादक और निष्क्रिय लोगों के साथ इस कोशिश में लगे रहते हैं कि उन्हें उत्पादक बनाया जाए, लेकिन इस वजह से सबसे बढ़िया काम करने वाले उपेक्षित रह जाते हैं। अपने सबसे बढ़िया काम करने वालों को खोने का सबसे आसान तरीक़ा है कि उन्हें उन 'ज़्यादा लेकिन मामूली' लोगों के लिए उपेक्षित कर दिया जाए। सक्षम पर ध्यान दें और उन्हें और अधिक सक्षम बनाएँ।

80/20 की विचारधारा न्यून से अधिक पाने का रहस्य है। औसत प्रयासों को बढ़ाने के बजाय विशिष्ट उत्पादकता को महत्त्व देना शुरू करें। हर स्तर पर ठीक-ठाक प्रदर्शन करने के बजाए कुछ स्तरों पर उत्कृष्ट प्रदर्शन करने के लिए प्रयत्नशील रहें।

व्यर्थ की मात्रा हर जगह त्रासद रूप से अत्यधिक है। आपके जीवन में जो हो रहा है, उसमें से 4/5 आपको ना के बराबर दे रहा है। जिस 80 प्रतिशत पर आपका बहुत अधिक ध्यान रहता है वह आपको केवल 20 प्रतिशत ही प्रतिफल दे रहा होता है। अपनी सोच को बदलें। अपने दृष्टिकोण का पुनरीक्षण करें। काम के बँटवारे का निर्धारण दोबारा करें - इसे 'ज़्यादा लेकिन मामूली' से 'कम लेकिन महत्वपूर्ण' की ओर ले जाएँ। प्रभावोत्पादकता इस बात से नहीं आती कि उस 80 प्रतिशत का क्या हुआ, बल्कि इस बात से आती है कि आपने इस 20 प्रतिशत का प्रबंधन, नियंत्रण व उपयोग कैसे किया। आपका 20 प्रतिशत समय सचमुच यह बता देता है कि आप जीवन में क्या हैं और क्या होंगे।

इस 20 प्रतिशत पर ध्यान दें और आपके जीवन का 80 प्रतिशत अपने आप ही बेहतर हो जाएगा।

सम्मान की ज़रूरत मार्गदर्शन की ज़रूरत से बड़ी है।

इससे पहले कि वह कुछ अपने अधिकार में लेना सीखती, उसे साझा करने, सहभागी होने को कहा गया। जब वह मुश्किल से पाँच वर्ष की रही होगी तभी से उसे अपने भाई के लिए त्याग व बलिदान का पाठ पढ़ा दिया गया, जो कि मात्र दो साल का था। वह अभी बच्ची ही थी लेकिन उसके माता-पिता उससे एक बड़ी बहन की भूमिका अदा करने की अपेक्षा रखते थे। तीस साल बाद अब उसका अपना परिवार है और उसके भाई का भी। वह अपने छोटे भाई के लिए अब भी वही ज़िम्मेदारी महसूस करती है। वह अब भी उसे सलाह देने में लगी रहती है... उसके भाई के वैवाहिक जीवन में जब भी कोई समस्या आती है तो वह हस्तक्षेप करती है, वह भाई की पत्नी को यह बताने में लगी रहती है कि बच्चे को क्या खिलाए, उसका लालन-पालन कैसे करे। वह अब भी त्याग-बलिदान करने में लगी है, लेकिन उसे क्या मिल रहा है?

अपने प्रति किए जा रहे उदासीनता और बेरुख़ी के व्यवहार के कारण वेदना, दिल दुखना, रातों की नींद उड़ना और आँखों में अक्सर डबडबाते आँसू। क्यों? उसका भाई अब इतना बड़ा हो चुका है कि वह अपने निर्णय ख़ुद ले सके। भले ही कुछ निर्णय ग़लत साबित हुए हों फिर भी भाई को लगता है कि उसे ये ग़लतियाँ करने का अधिकार है, उसे महसूस होता है कि इन ग़लतियाँ से वह बहुत कुछ सीख रहा है। उस महिला की भाभी उसे अपनी गृहस्थी में अवांछित घुसपैठ समझती है। क्योंकि उसका मानना है कि वह जिस भी ढंग से अपने बच्चे का लालन-पालन करना चाहती है, उसे उसकी पूरी स्वतंत्रता मिलनी चाहिए एवं किसी

और के द्वारा केवल इस आधार पर हस्तक्षेप किए जाने से उसे चिढ़ है कि वह उम्र में बड़ा है।

एक बेटे द्वारा पहला शब्द बोलने में, पहला अक्षर लिखने में और पहला क़दम चलने में... सभी में उसके पिता की सक्रिय भूमिका रही। उस बेटे के लिए उसका पिता हमेशा एक सुपरमैन, एक हीरो और आदर्श व्यक्ति रहा है। यहाँ तक कि उसके करियर के लिए सलाहकार का काम भी उसके पिता ने किया। बेटा आगे चलकर युवा उद्यमी बन गया, लेकिन इसमें भी उसके पिता का मार्गदर्शन था। आज वह बेटा एक प्रतिष्ठित उद्योगपति है। लेकिन आज भी वह पिता रोज़ाना शाम को यह पूछने और जानने का इंतज़ार करता रहता है कि कारख़ाने में क्या-क्या हुआ। इससे उसका बेटा बड़ी घुटन महसूस करता है और उसे लगता है कि पिता को उसे थोड़ा खुलापन देना चाहिए। पिता अब अवसाद के दौर से गुज़र रहा है, क्योंकि अपने बेटे से उसे जितनी तवज्जो पहले मिला करती थी, अब उतनी नहीं मिल रही है। पिता को लग रहा है जैसे अब उसकी ज़रूरत ही नहीं रह गई है। इसका असर उसके स्वास्थ्य पर पड़ने लगा है और वह तेज़ी से बूढ़ा होता जा रहा है।

आप एक बहन तो हमेशा बनी रहें, लेकिन हर समय बहन की भूमिका न निभाती रहें। आप एक अभिभावक के रूप में हमेशा प्यार पाएँगे, लेकिन आप हमेशा अभिभावक ही न बने रहें। एक दौर के बाद कोई भी आपके 'मैं तुमसे अधिक अनुभवी' के रूप को स्वीकार नहीं करेगा।

तीन साल की एक बच्ची भी चाहती है कि एक विशेष ढंग से उसका भी मान रखा जाए। और दरअसल यह उसकी ज़रूरत भी है। तीन वर्ष की आयु में वह जो कपड़े पहनना चाहती है, यदि उसे वो कपड़े न पहनने दिए जाएँ तो इसका अर्थ वह यही निकालती है कि उसका मान नहीं रखा जा रहा है। दस साल का बेटा मेन्यू कार्ड पढ़कर ख़ुद ऑर्डर देना चाहता है। वह इसी को अपना मान रखा जाना मानता है। एक किशोर लड़की अपनी पसंद से सहेलियाँ बनाना चाहती है और उसके लिए अपना

मान रखे जाने का अर्थ है कि माता-पिता उसकी पसंद का स्वागत करें। एक व्यक्ति चूँकि आपके साथ कई साल से काम कर रहा है, इसलिए अब कुछ निर्णय वह ख़ुद लेना चाहता है और उन निर्णयों को आपके द्वारा न बदलना या नकारा न जाना उसकी नज़र में उसका मान रखा जाना है। हर आयु और जीवन की हर अवस्था अपने साथ मान-सम्मान के लिए एक भावना रखती है और आपको उस भावना का आदर करना चाहिए।

भले ही हमारे इरादे नेक हों लेकिन कभी-कभी लोगों का मार्गदर्शन करने से - विशेष रूप से बिना उनके माँगे ऐसा करने से - उन्हें लगता है कि उनके सम्मान को ठेस लगी है। सम्मान की ज़रूरत मार्गदर्शन की ज़रूरत से बड़ी होती है।

दूसरों को सम्मानित होने का एहसास कराएँ - यह आपका काम है। वे आपसे मार्गदर्शन माँगें - यह उनका काम है।

भयरहित जीना ही जीना है।

अगर आपने कोई चोरी नहीं की है
तो किसी से डरने की क्या ज़रूरत है?

जिसका जीवन खुली किताब हो,
वही वास्तव में स्वतंत्र है।

अपने बारे में की जा सकने वाली
सबसे अच्छी प्रशंसात्मक टिप्पणी है,
"मैं एक खुली किताब हूँ।"

जीवन हमारी मृत्यु को नहीं टालेगा, इसलिए हम भी जीवन को न टालें।

प्रबंधन का तनाव क्यों होता है? कारण है किसी काम को टालते रहना। यानी कोई काम जिस समय किया जाना चाहिए था, और जिस समय वह किया गया, उसके बीच का समय अंतराल इस तनाव का कारण बन जाता है। टेक्नोलॉजी गैप क्या होता है? यह है काम को करने के लिए किसी बेहतर तरीक़े का उद्योग में आ तो जाना, लेकिन उसे अभी तक अपनाया न जाना।

जो काम आख़िरकार किया ही जाना है, उसे आज ही क्यों न कर दिया जाए और तनाव से बचा जाए। यदि काम करने का कोई बेहतर तरीक़ा है तो इससे पहले कि कोई और उसे अपनाकर आगे बढ़ जाए और हमें फिसड्डी बना जाए, हम ही उस तरीक़े को क्यों न अपना लें? जब हम यह जानते हैं कि अमुक चीज़ बुरी है तो उसे अभी ही क्यों न छोड़ दिया जाए? नए वर्ष का इंतज़ार क्यों किया जाए? कल का इंतज़ार क्यों किया जाए?

क्या आप विश्व स्तरीय गुणवत्ता वाला काम करना चाहते हैं? तो हर उस चीज़ को, हर उस काम को रोक दें जो विश्व स्तरीय से कमतर हो। क्या आप किसी ऐसी ग़लती के लिए माफ़ी माँगना चाहते हैं, जो हुई तो पहले कभी थी, लेकिन उसका पता आपको अभी चला है... तो ये माफ़ी तुरंत माँग लें वरना आप अपराधबोध में उलझे रहेंगे। क्या आपको कोई बढ़िया और शानदार बात सूझी है? उसे तुरंत कर डालें, कहीं ऐसा न हो कि किसी और को भी वही बात सूझ जाए। क्योंकि फिर तो आप उसकी नक़ल ही करते नज़र आएँगे।

मूर्ख और बुद्धिमान करते तो वही काम हैं, लेकिन बस अलग-अलग समय पर। बुद्धिमान उसे तत्काल कर देता है, लेकिन मूर्ख उसे अंतकाल में करता है। जीवन ऐसे जिएँ जैसे आने वाला कल आज ही आ गया है।

हम स्वास्थ्य और तंदुरुस्ती का महत्व समझते तो हैं, लेकिन उसके लिए ज़रूरी कोशिशों को टालते रहते हैं। वित्तीय प्रबंध और निवेश के महत्व को समझते तो हैं, लेकिन उस दिशा में उठाए जाने वाले क़दमों को टालते रहते हैं। हम बोर्ड की परीक्षा का महत्व अच्छी तरह समझते तो हैं, लेकिन तैयारी तब तक नहीं करते जब तक कि परीक्षा सिर पर ही न आ जाए। काग़ज़ों को पेंडिंग फ़ोल्डर में डाल देना हमें सबसे सुविधाजनक लगता है।

जीवन में आने वाले सारे दबाव व तनाव कुछ और नहीं बस परत-दर-परत बढ़ता गया मनोवैज्ञानिक बोझ है, जो इस समय अंतराल के कारण होता है कि कोई काम कब किया जाना था और आख़िरकार कब किया गया। काम को कल पर टालते रहने की आदत जीवन रेखा को छोटी करने का सबसे अच्छा तरीक़ा है। टालते रहना पिछड़ने वालों की पहचान है।

जीवन हमारी मृत्यु को नहीं टालेगा, इसलिए हम भी जीवन को न टालें।

'किसी दिन' जैसा कोई दिन नहीं होता। जो है, आज ही है। यदि आने वाला कल आया तो मैं उसे बता दूँगा कि यह काम मैं बीते कल में पहले ही पूरा कर चुका हूँ।

हमारी ज़िम्मेदारी जहाँ ख़त्म होती है, परमात्मा की ज़िम्मेदारी वहाँ से शुरू होती है।

'इंतज़ार करने' और 'अधीर हो उठने' में बहुत ही बारीक़ अंतर है, और इसी में 'शांतिपूर्ण प्रगति' और 'तनावपूर्ण सफलता' का अंतर समाया हुआ है।

किसान ने खेत में हल चला दिया है और बीज भी बो दिया है... उसे अब इंतज़ार करना चाहिए... हमारी ज़िम्मेदारी जहाँ ख़त्म होती है, परमात्मा की ज़िम्मेदारी वहाँ से शुरू होती है। तो यदि उस किसान को 'इंतज़ार करने' की कला आती है, तो वह शांतिपूर्वक ढंग से इंतज़ार करेगा। इसके बजाय यदि वह अंकुर फूटने के लिए अधीर हो उठेगा तो हर बीतता पल उसे बेचैन और तनावग्रस्त करता चला जाएगा। उसका मन भुनभुनाता रहेगा– "ये हो क्यों नहीं रहा है? अभी तक हुआ क्यों नहीं है?" बाद में अपने समयानुसार अंकुर निकलने के बावजूद वांछित फल पाने की ललक में वह अपनी शांति गँवा चुका होता है। यानी नुक़सान तो वह पहले ही उठा चुका होता है।

क्या आपने लिफ़्ट के लिए बटन दबा दिया है... तो अब थोड़ा इंतज़ार करें... अपने अनुसार उसे जब आना होगा, वह आ ही जाएगी। लिफ़्ट के आने के लिए 'अधीर' होने से आप फ़र्श पर पैर पटकते हैं, अपनी पुतलियों को ऊपर-नीचे घुमाते हैं... जैसे आपके ऐसा करने से लिफ़्ट की गति बढ़ जाएगी और वह आपके तल पर दौड़ी चली आएगी! क्या आपने वेटर को अपना ऑर्डर दे दिया है... तो अब थोड़ा इंतज़ार करें,

यहाँ अधीर हो उठने से इंतज़ार कुढ़न और चिढ़ भरा हो जाता है। आपको जो निर्णय लेने थे, क्या आपने ले लिए हैं... क्या उनके लिए आपको जो कुछ भी करना था, आपने कर लिया है? यदि हाँ, तो अब इंतज़ार करें... बस इंतज़ार। इस चीज़, उस चीज़ या किसी भी चीज़ के लिए आकुल-व्याकुल न हो उठें, बल्कि इंतज़ार करें, इस इंतज़ार में आपको शांतिपूर्ण सफलता की कुंजी हाथ लग जाएगी। 'अधीर हो उठना' भी कभी-कभी सफल बना देता है, लेकिन वह सफलता बहुत ज़्यादा तनावपूर्ण होती है। जब यही सफलता शांतिपूर्ण रास्ते पर चलकर हासिल की जा सकती है, तो तनाव भरे रास्ते पर क्यों चलें?

आध्यात्मिक उत्थान के लिए ज़रूरी गुणों में से एक है अपने हिस्से का काम पूरा करना और फिर बस इंतज़ार करना...। कई लोग जो आध्यात्मिक अनुभव पाने और इसकी नीरव शांति महसूस करने को बड़े व्याकुल होते हैं, वे दरअसल इसी प्रवृत्ति संबंधी रोग से ग्रस्त रहते हैं, जिसे अधीर होना कहते हैं। 'अधीर हो उठने' पर मिलने वाले अनुभव में आप वांछित अनुभव के साक्षी होने के बजाय अपने अहं के साक्षी बनकर रह जाते हैं। वह तो केवल 'इंतज़ार में डूबा साक्षी' होना ही है, जिसमें आध्यात्मिक अनुभव स्वयं को प्रकट करता है।

आप 'अधीर हो उठना' छोड़ दें, तो तनाव भरी सफलता भी आपसे छूट जाएगी। अपने हिस्से का काम करना और इंतज़ार करना सीख लें... शांतिपूर्ण प्रगति का यही रास्ता है।

अनुभव के रूप में जीवन ने हमें एक शिक्षक दिया है।

हमारी परिपक्वता, जीवन में होने वाले हर अनुभव से एक पायदान नीचे ही रहती है। जीवन के अनुभवों का एकमात्र प्रयोजन है, हमें वह परिपक्वता प्रदान करना... लेकिन हर अनुभव के साथ सिर्फ़ हमारी परिपक्वता का ही स्तर नहीं बढ़ता, बल्कि चुनौतियों का सामना करने का स्तर भी बढ़ जाता है। बस इसी तरह जीवन आगे बढ़ता जाता है।

इस बात का कोई महत्व नहीं है कि हम कितना जानते हैं, या हमारे जीवन के अनुभव कितने समृद्ध हैं, या जो काम हम करते हैं उसमें हम सर्वोत्कृष्ट हैं, या जीवन के बारे में हम एक विश्वकोश ही बन गए हैं... क्योंकि इसके बाद भी किसी मोड़ पर गिरने, ठोकर खा जाने व फिसल जाने की संभावना बनी रहती है। जीवन हमेशा प्रवाह बाधित करने व लय तोड़ने के लिए बीच में आ जाता है...।

लेकिन याद रखें कि विकास के पैमाने पर दसवें स्तर पर असफल रह जाने वाला फिर भी आठवें स्तर पर सफल होने वाले से तो ऊँचा ही रहता है। माउंट एवरेस्ट के शिखर पर पहुँचने से थोड़ा चूक जाने वाला फिर भी किसी स्थानीय पहाड़ी के शिखर पर पहुँचने वाले से तो काफ़ी ऊँचा रहता ही है। परिपक्वता जितनी ज़्यादा होगी, चुनौती भी उतनी ही बड़ी होगी। जीवन हमें कुछ इसी तरह आकार देता है।

जीवन कोई ऐसी यात्रा नहीं है जिसमें दो क़दम आगे बढ़कर एक क़दम पीछे चला जाए। ऐसा तो तभी होता है, जब व्यक्ति सचेत रहे बिना जीता है... अपने अनुभवों से बिना कुछ सीखे जीता रहता है। जिस व्यक्ति

की चेतनता उसे हर अनुभव से सीखना सिखा देती है, वह तो ऐसे जीता है जैसे वह किसी ट्रैम्पोलीन (सर्कस एवं खेलों में कलाबाज़ी में प्रयोग हाने वाला उछाल-पट) पर खड़ा हो - जहाँ वह ऊपर उठने के लिए नीचे की ओर जाता है और नीचे की ओर जाने के लिए ऊपर उठता है... लेकिन हर बार नीचे की ओर जाने के बाद मिलने वाली ऊँचाई पिछली बार से ज़्यादा ही होती है। उसकी परिपक्वता और चुनौती - दोनों के ही स्तर अगले उच्चतर पायदान तक उठते जाते हैं।

आपकी सफलता का कारण क्या होता है? "सही निर्णय।" आपको सही निर्णय लेने में सक्षम कौन बनाता है? "जीवन के अनुभव।" जीवन के अनुभव आप प्राप्त कैसे करते हैं? "ग़लत निर्णय से।"

जीवन के अनुभवों के ट्रैम्पोलीन पर, मैं एक के बाद एक अनुभव से आगे बढ़ता जाता हूँ। हर अनुभव मुझे या तो वह दे देता है, जो मैं चाहता हूँ, या फिर मुझे यह बता देता है कि मैं वह क्यों नहीं पा सका, जो मैं पाना चाहता था।

अगली बार कोई नुक़सान या हार यदि आपको भीतर तक झकझोर दे तो बस इतना याद रखें कि जीवन ने आपके लिए एक शिक्षक भेजा है - अनुभव के रूप में, आपकी परिपक्वता का स्तर उठाने में आपकी सहायता करने के लिए। अपनी सचेतनता को उस अनुभव से न केवल परिपक्व होने दें बल्कि ख़ुद को भी स्थिर व शांत होने दें। एक ज़्यादा बड़ी चुनौती के लिए तैयार रहें। हम मनुष्यों को उठने के लिए नीचे जाना ही पड़ता है... सौभाग्य की बात यह है कि पहले की अपेक्षा हम हमेशा थोड़ा ऊपर ही उठते हैं।

'तुम्हारे' और 'मेरे' जीवन के 'हमारा' जीवन बनने के बाद...

ऊपर वाले ने नर व नारी को इस उद्देश्य के चलते थोड़ा-थोड़ा अधूरा बनाया है, ताकि वे आलिंगन करें और इस अपूर्णता को संपूर्णता प्रदान करें। हालाँकि, शताब्दियों से संस्कारग्रस्त होने के चलते पति व पत्नी शब्दों को एक संकुचित अर्थ में बाँध दिया गया है। इससे इस संबंध की व्यापकता बिल्कुल सिमटकर रह गई है। अपनी शब्दावली में से पति और पत्नी शब्दों को निकाल दें और जीवनसाथी बनने का संकल्प लें। फिर, स्त्री और पुरुष कभी माँ की भूमिका निभाएँ तो कभी पिता की, कभी शरारती बच्चे की तो कभी समझदार सलाहकार की, कभी शिक्षक की, कभी दर्पण की... और हाँ, कभी पति और पत्नी की भी। इस संबंध की परिभाषा को विस्तार दें, इसे खुला रखें, मुक्त रखें।

वैवाहिक संबंध में गरिमा तभी होती है, जब आप अपने जीवनसाथी से अपने समूचे व्यक्तित्व के साथ जुड़े हों, न कि केवल शरीर से। एक-दूसरे के सोचने के तौर-तरीक़ों को देखें व समझें, एक-दूसरे के व्यक्तिगत मूल्यों, दृष्टिकोणों और धारणाओं पर मिल-बैठकर विचार-विमर्श करें, एक-दूसरे की भावनाओं के प्रति संवेदनशील रहें, परस्पर भावनात्मक अनुकूलता विकसित करें, और आध्यात्मिक सौहार्द्र विकसित करने के लिए कभी शांति से बैठने का समय निकालें। दूसरे के समूचेपन का सम्मान करें और उसी के साथ संबंध रखें, न कि केवल उसके बाहरी स्वरूप के साथ- या केवल उसके शरीर के साथ।

जो दस वर्षों में करने योग्य हो उसे एक ही वर्ष में कर डालने की कोशिश न करें, और जो एक वर्ष में किया जाना हो, उसे एक महीने में ही कर

डालने की कोशिश न करें। अधिकांश नव-विवाहित जोड़े पहले कुछ महीनों में ही एक-दूसरे में इतने डूब जाते हैं, सब कुछ इतना अतिरेक में कर लेते हैं कि उस संबंध में फिर करने जैसा कुछ रह ही नहीं जाता। इसके बाद वे एक ठंडे पड़े हुए संबंध में केवल सह-अस्तित्व में जी रहे होते हैं। जो एक वृक्ष बन सकता हो, उसे एक पौधे के रूप में ही मरने न दें। धीरे चलें और दूर तक चलें।

जीवन में, और अच्छे संबंध में भी, अतीत एक अप्रासंगिक चीज़ होती है। वर्तमान ही निर्माण-शिलाएँ बनाता है। भविष्य भी महत्वपूर्ण है, क्योंकि आप दोनों को साथ-साथ यात्रा करते हुए उसी में जाना है। हर रोज़ की छोटी-छोटी बातों पर एकांत में बैठकर चर्चा कर लेने से आप परस्पर प्रेम को लगातार बढ़ा सकते हैं। भविष्य के बारे में बातें करें, सपनों के बारे में बातें करें, महत्वाकांक्षाओं के बारे में बातें करें, और एक-दूसरे की अभिवृद्धि के लिए अपनी-अपनी भूमिका निभाने के किसी ऐसे तरीक़े को अपनाने का संकल्प लें जो उद्‌देश्यपूर्ण तो हो, लेकिन हस्तक्षेप करने वाला न हो। प्रेम में बढ़ने, पनपने और फलने-फूलने का यही तरीक़ा है।

पूरी दुनिया में यह धारणा प्रचलित है कि विवाह का अर्थ है दो शरीर एक आत्मा। यानी विवाह के बाद जीने के लिए एक ही जीवन रह जाता है। इसका परिणाम यह हुआ है कि विवाह के नाम पर स्त्रियों को अपने पति के साए की तरह जीने के लिए बाध्य किया जाने लगा। वे अनुचरी बनकर रह गई हैं और एक खिन्न, अपने पर तरस खाने वाली और बलि-वेदी पर चढ़ी ऐसा व्यक्तित्व बनकर रह गई हैं, जो स्वयं को शोषित महसूस कर रहा है। सच तो यह है कि **तुम्हारे** और **मेरे** जीवन के 'हमारा' जीवन बनने के बाद भी मेरे और तुम्हारे जीवन का अस्तित्व बना रहता है। विवाह यानी 'हमारा' जीवन तो वह स्थान है जहाँ मेरा और तुम्हारा जीवन आकर मिलते हैं। विवाह में सुखी रहना इस बात पर निर्भर करता है कि दोनों 'हमारे' वाले स्थान में किस प्रकार संबंधित रहते हैं और बीतते समय के साथ-साथ यह स्थान किस प्रकार बढ़ता जाता है। फिर भी,

पुरुष के जीवन का और स्त्री के जीवन का अपना-अपना अस्तित्व तो रहता ही है। दरअसल, जब वह स्त्री अपने स्थान पर जाकर फिर 'हमारे' स्थान में लौटकर आती है, तब वह अपने सर्वोत्तम स्वरूप में होती है, और यही बात पुरुष पर भी लागू होती है। इससे यह सुनिश्चित हो जाएगा कि आप एक-दूसरे के स्थान का, एक-दूसरे की व्यक्तिगत रुचि-अरुचि का और प्राथमिकताओं का सम्मान करते हैं। और सबसे बड़ी बात यह है कि केवल इसी से यह सुनिश्चित होगा कि प्रेम के नाम पर आप एक-दूसरे का दम नहीं घोंट रहे हैं।

अपने सही अर्थ में, विवाह से दोनों के जीवन की गुणवत्ता में बढ़ोतरी होनी चाहिए। विवाह, दोनों के लिए संभावनाओं का विस्तार करते हुए, जीवन की एक सीधी प्रवाहित धारा हो सकता है और होना भी चाहिए।

एक अच्छे विवाह को पोषित और विकसित किया जाना चाहिए। उत्कृष्ट वैवाहिक जीवन एक कला है, इसलिए कलाकार बनें।

प्रश्न यह नहीं है कि किसी मामले में
दोष किसका है, बल्कि यह है कि
प्रश्न किसके जीवन का है!

बजाय इसके कि आप ख़ुद को
वैसा ही स्वीकार कर लें, जैसे आप हैं
और संसार को बदलने की कोशिश करें,
बेहतर यह होगा कि आप संसार को
वैसा ही स्वीकार कर लें, जैसा वह है
और उसे देखने का अपना
दृष्टिकोण बदल लें।

जीवन को इस संसार की वजह से
ख़ूबसूरत होने दें।

जीवन को इस संसार के बावजूद
ख़ूबसूरत होने दें।

आप अपने कौन-कौन से ग्राहकों से छुटकारा पाने की योजना बना रहे हैं?

कोई संस्थान भले ही असाधारण रूप से प्रगति कर रहा हो, उसके सारे कर्मचारी सक्षम व समर्पित नहीं होते। उनमें से कुछ औसत दर्जे के भी होते हैं और कुछ अड़ंगा लगाने वाले भी... वे सभी उस एक ही जगह पर इकट्ठे रहते हैं। विडंबना यह है कि प्रबंधन की जितनी ऊर्जा, समय और मेहनत इन चंद अड़ंगा लगाने वालों को सँभालने में व्यर्थ चली जाती है, उतनी तो बड़ी संख्या वाले सक्षम और समर्पित लोगों के मार्गदर्शन में भी नहीं लगती। इन चंद लोगों पर इतना ज़्यादा क्यों ख़र्च किया जाए? क्यों न इन्हें निकाल बाहर किया जाए, और इस प्रकार बची ऊर्जा, समय और मेहनत को इन उत्पादक लोगों पर लगाया जाए?

एक सड़ा हुआ टमाटर बाक़ी सभी टमाटरों को भी सड़ा देता है। क्या आपने ध्यान नहीं दिया है कि एक निकम्मा आदमी अपने आस-पास वाले अन्य निकम्मों की एक टोली बना लेता है। आप यदि उन्हें सुधार नहीं सकते तो उन्हें निकाल बाहर करें। सड़े टमाटरों को बाहर फेंक दें और इस तरह अच्छे टमाटरों को बचा लें। मेरी बात क्या आपको बेदर्दी भरी लग रही है? कोई भी संस्थान जो निकम्मों से हमदर्दी रखता है उसे जल्द ही दूसरों की हमदर्दी की ज़रूरत पड़ जाती है।

इस विचार में क्रांतिकारी जैसा कुछ नहीं है... अनेक संस्थान तो इसे अपना भी रहे हैं।

अब मेरा प्रश्न है – "क्यों न अपने कुछ ग्राहकों से भी पीछा छुड़ा लिया जाए?" क्या यह सच नहीं है कि प्रबंधन की जितनी ऊर्जा, समय और

मेहनत चंद तुनकमिज़ाज और परेशान कर देने वाले ग्राहकों को सँभालने में व्यर्थ चली जाती है, उतनी तो बड़ी संख्या वाले, कभी परेशान न करने वाले और आपसे ही सामान ख़रीदने वाले ग्राहकों की सेवा करने में भी नहीं लगती। कुछ लोग होते ही ऐसे हैं कि उनके लिए आप चाहे कुछ भी कर दें, लेकिन वे असंतुष्ट ही रहेंगे। आप उनकी चाहे जितनी बढ़िया सेवा करें, वे आपके उत्पाद और आपकी सेवा की नुक्ताचीनी करते ही रहेंगे। इनमें से कुछ तो ऐसे भी होंगे, जो आपका भुगतान करने में आपको नाकों चने चबवा देंगे। और अंत में जब आपको भुगतान मिलेगा भी तो पता चलेगा कि वह घाटे का सौदा साबित हुआ है... देर से प्राप्त हुई इस भुगतान राशि पर आपके द्वारा चुका दिया गया ब्याज आपके मार्जिन को पहले ही लील चुका होता है। क्यों न ऐसे चंद ग्राहकों को अपनी ग्राहक सूची से निकाल बाहर किया जाए और उनसे बची ऊर्जा, समय और मेहनत अपने अच्छे और बड़े ग्राहकों पर लगाई जाए?

ग्राहक हमेशा सही होता है - क्या यह उक्ति सही है? ग़लत है! ग्राहक तो राजा होता है - होता है न? लेकिन हमेशा नहीं... यह इस पर निर्भर करता है कि ग्राहक है कौन।

आपकी तलाश केवल ग्राहक के लिए न होकर अच्छे ग्राहक के लिए होनी चाहिए। और ये अच्छे ग्राहक ही हैं, जिनके आप समाधानकर्ता बनते हैं और वे आपकी व्यापार वृद्धि में योगदान देते हैं। यह वाक़ई हमेशा लाभ वाली स्थिति होती है।

तो, आप अपने कौन-कौन से ग्राहकों से तत्काल छुटकारा पाने की योजना बना रहे हैं? है न एक क्रांतिकारी विचार!

लोगों जैसे न बनें, उनसे आगे निकलें।

कुछ दिन पहले मैं और मेरा एक मित्र अनाथ बच्चों के एक आश्रम में गए। वहाँ एक कर्मचारी मिला जो काफ़ी मिलनसार लगा। हमने उससे आश्रम के लिए कुछ सामान देने के बारे में बात की। उसने हमें बताया कि इसके लिए हमें उनके एक सामाजिक कार्यकर्ता से बात करनी होगी, जिसके पास चंदा आदि लेने का प्रभार है। हम वहाँ बैठे उसकी प्रतीक्षा कर ही रहे थे कि तभी एक महिला दनदनाती हुई अंदर आई और ऐसे स्वर में हमसे बोली कि अपनी क़ब्र में लेटा हुआ हिटलर भी शायद हिल गया होगा, "ओह, तो आप हैं, जो चंदा देना चाहते हैं? देखिए, आप मुझे 500 किलो चावल दे दें... अभी तो मुझे यही चाहिए। और कुछ नहीं। अगर आप इतना नहीं दे सकते तो चाहें तो पाँच किलो चावल ही दे दें... लेकिन मुझे सिर्फ़ चावल ही चाहिए, बस, मैं जा रही हूँ।" कोई शिष्टाचार नहीं, ख़ुशी का कोई एहसास नहीं, कोई मुस्कुराहट नहीं... वह आई और कुछ शाब्दिक वमन करके चलती बनी। मैंने अपने आप से कहा, "यह है चंदा लेने की प्रभारी! भगवान, इस आश्रम के बालकों की रक्षा करना।"

मैं और मेरा वह मित्र स्तब्ध होकर कुछ देर तक तो कुछ बोल ही नहीं पाए... हम इस नितांत अपमान और अनादर के कड़वे अनुभव से उबरने की कोशिश में लगे रहे। थोड़ा ठहरकर मैंने अपने मित्र से कहा, "हम इन्हें 500 किलो चावल दे ही देते हैं। हमें तो बच्चों के लिए करना है, न कि इस महिला के लिए। तो फिर बच्चों की भूख और अपनी सद्भावना के बीच हम इस महिला के दुर्व्यवहार को आड़े क्यों आने दें?"

जब आपका कोई रोग ठीक होने लगता है तो डॉक्टर कहता है, "दवा आप पर सही रेस्पॉन्ड (अनुक्रिया) कर रही है।" लेकिन यदि आपकी तबियत बिगड़ने लगती है तो डॉक्टर कहता है, "आपके ऊपर दवा का रिएक्शन (प्रतिक्रिया) हो रहा है।" सही अनुक्रिया सकारात्मक होती है, प्रतिक्रिया नकारात्मक होती है। हम यह ध्यान रखें कि जीवन में कभी भी और किसी भी स्थिति में हम प्रतिक्रिया न करें, बल्कि अपने लिए एक सही व सटीक अनुक्रिया का चयन करें। हमारा व्यवहार किसी बाहरी प्रभाव के भड़कावे में आया हुआ न हो, बल्कि एक गहरे मूल्य-आधारित चयन से उत्पन्न हुआ हो। और संसार का कोई भी बाहरी व्यक्ति हमारे भीतर के भलेपन को अपने पैरों तले रौंदता न चला जाए।

संसार कैसा व्यवहार करता है, यह देखना हमारा काम नहीं है। सबसे गर्व की बात होती है ख़ुद अपनी नज़र में ऊँचा उठना। आप सदैव अपने चरित्र को जिएँ - चाहे आप कहीं भी हों, किसी भी कसौटी पर हों और कुछ भी कर रहे हों।

दूसरों की सीमा के कारण हम ख़ुद को सीमित न होने दें। 'वह ग़लत है' इस बात की आड़ लेकर की गई आपकी ग़लती क्षमा योग्य नहीं हो जाती। ग़लती के बदले ग़लती करना कोई सही तरीक़ा नहीं है। हम अपना भलापन दाँव पर न लगाएँ। जीवन के हर मौक़े पर हम लोगों जैसे न बनें, उनसे आगे निकलें।

•••

भावनाओं का समर्थन करें, भावनात्मक नाटक का नहीं।

अपने विवाह की पहली वर्षगाँठ पर पति-पत्नी ने एक नई कार ख़रीदी। वे उसे चलाते हुए शहर घूमने गए, समुद्र तट की सड़क पर फर्राटे से उसे दौड़ाया, एक ड्राइव-इन थिएटर में फ़िल्म देखी और फिर घर लौट आए। चूँकि उनके पास गैरेज नहीं था, इसलिए उन्होंने वह कार घर के बाहर सड़क के किनारे खड़ी कर दी। अगले दिन सुबह जब वे उठे तो यह देखकर सन्न रह गए कि उनकी कार ग़ायब थी। कार चोरी हो गई थी - उनकी पहली कार, उनके विवाह की पहली वर्षगांठ पर ख़रीदी हुई चीज़, और जिसका आनंद वे बस एक ही दिन ले पाए थे! पत्नी यह सहन नहीं कर पाई। आँसू भरी आँखों से वह सोफ़े पर कटे पेड़ की तरह धम्म से बैठ गई। झटका पति को भी लगा था, लेकिन इन पलों में अपनी पत्नी के प्रति उसका प्रेम गहरा था। पत्नी को उसने पीछे से आकर अपनी बाहों में भर लिया और बोला, "कार चोरी हो गई है। इस बात पर तुम परेशान भी हो सकती हो, और सहज भाव से भी ले सकती हो। कार तो जा ही चुकी है, तो क्यों न इसे सहज भाव से लें?" पत्नी ने उसे थोड़ा नाराज़गी से देखा, और समय बीत गया। दो महीने बाद, पुलिस ने कार चोरों के एक गैंग से वह कार बरामद कर ली और पति को वापस सौंप दी। उस कार को जब वह पुलिस स्टेशन से घर ला रहा था तो वह एक ट्रक से टकरा गई। इस बार पति की बारी थी। वह यह हादसा सहन नहीं कर पाया और घर आकर आँसू भरी आँखों से सोफ़े पर कटे पेड़ की तरह धम्म से बैठ गया। झटका पत्नी को भी लगा था, लेकिन इन पलों में अपने पति के प्रति उसका प्रेम प्रबल रहा। पति को उसने पीछे से आकर अपनी बाहों

में भर लिया और बोली, "कार टकरा गई है। इस बात को तुम सहजता से भी ले सकते हो। वो तो टकरा ही चुकी है, तो क्यों न इसे सहज भाव से लें?"

एक तर्कपूर्ण प्रश्न, जब कार चोरी हो गई हो या टकरा गई हो तो कोई भला इसे सहजता से कैसे ले सकता है? लेकिन, इसके अलावा आप और कर भी क्या सकते हैं? आप चाहें तो परेशान और अशांत हो लें, और चाहें तो इसे सहजता से लें - कुछ भी हो, भावनात्मक नाटक के बाद, जो करना है, वह तो करना ही है। पुलिस में रिपोर्ट करनी है, कार को मरम्मत के लिए भेजना है, बीमा राशि के लिए दावा करना है... अब जो करना है वह तो करना ही है।

बच्चा एक विषय में फ़ेल हो गया है। पिता उसे दो-तीन चपत लगा देता है। माँ कई बार अपना माथा पीट लेती है और रो पड़ती है। है न यह भावनात्मक नाटक? तो क्या करें? अब, उस बच्चे को पढ़ाते समय उस विषय पर विशेष ध्यान रखा जाए - हो सकता है कि उसे उस विषय में विशेष कोचिंग की आवश्यकता हो - जो करना है वह किया जाए। आपने दूध गैस चूल्हे पर रखा छोड़ दिया। उबलता दूध बर्तन से बाहर उफनने लगा है। चीख़ना, चिल्लाना, हाय तौबा मचाना, तनावग्रस्त हो जाना, ब्लडप्रेशर बढ़ा लेना... इस भावनात्मक नाटक के बाद क्या करें? चूल्हा बंद कर दें, बर्तन को नीचे उतार लें और किचन काउंटर साफ़ कर दें। आख़िर, जो करना है, वही तो किया जाना है।

शेयर बाज़ार के धड़ाम होने से लेकर, किसी बहुत महत्वपूर्ण कर्मचारी के त्यागपत्र या किसी प्रियजन की मृत्यु तक... भावनात्मक नाटक के बाद भी, जो करना है, वही तो किया जाना है। यहाँ हम भावनात्मक न होने की बात नहीं कह रहे हैं, बल्कि नाटकीय भावनात्मक प्रतिक्रियाओं की बात कह रहे हैं। स्वाभाविक है कि अगर किसी का वाहन चोरी हो जाए तो दिल को धक्का लगता है, बच्चा जब फ़ेल हो जाए तो आप निराश हो जाते हैं, किसी प्रियजन की मृत्यु पर आँसू आ जाने में कुछ

ग़लत नहीं है। भावना का होना तो सही है लेकिन भावनात्मक नाटक का होना सही नहीं है।

भावनात्मक परिपक्वता भावनाओं से दूर-दूर रहने में नहीं है, बल्कि भावनात्मक नाटक से बचे रहने में है। कुछ भी हो जाए, जो किया जाना है वही तो किया जाना है, तो फिर यह नाटक क्यों ?

आप दीवार से कब तक टकराते रहेंगे?
आप ख़ून से लथपथ हो जाएँगे
लेकिन दीवार आपके लिए रास्ता नहीं छोड़ेगी।

आप कब तक अपने भाग्य को कोसते रहेंगे,
और किसी आम के पेड़ के नीचे बैठे
संतरा टपकने की आशा कब तक करते रहेंगे?
चाहे आप ख़ुद ख़त्म हो जाएँ, लेकिन आम के
पेड़ से कभी संतरा नहीं टपकेगा।

जो है, वह है।
जो नहीं है, वह नहीं है।

प्रबुद्ध होने का अर्थ है यह जानना,
कि आप क्या थामे रखें और क्या छोड़ दें।

अच्छाई को स्वर दें।

एक महत्वाकांक्षी युवक ने एक दैनिक समाचार पत्र में प्रशिक्षु के रूप में काम करना शुरू किया। तीन दिन के कड़े शुरुआती प्रशिक्षण के बाद उसे आस-पास के क्षेत्र में जाने और प्रकाशन के योग्य कोई ख़बर लाने के लिए कहा गया। दिन भर गली-गली भटकने और चिलचिलाती धूप को झेलने के बावजूद शाम छह बजे असफलता के अनुभव के साथ वह कार्यालय लौट रहा था, क्योंकि प्रकाशन के योग्य कोई ख़बर वह नहीं ला सका था। रास्ते में वह एक तिराहे पर पहुँचा, जहाँ अँग्रेज़ी भाषा के अक्षर वाई (Y) आकार में तीन रास्ते मिलते थे। उसने देखा कि तेज़ गति से दौड़ती दो बसें विपरीत दिशाओं से उस तिराहे की ओर आ रही थीं - इस बात से बेख़बर कि वे कहाँ पहुँचने वाली थीं। लग रहा था कि दुर्घटना होकर ही रहेगी। उस युवा रिपोर्टर ने चतुराई दिखाई और उन दो सड़कों के मिलने वाले स्थान की ओर दौड़ पड़ा। वह अपने दोनों हाथों को ज़ोर-ज़ोर से हिलाते हुए गला फाड़कर चिल्लाया, अंततः वह दोनों बसों को रोकने में सफल हो गया। दोनों बसों के सौ से अधिक यात्रियों ने उस युवक के हाथ को अपने हाथों में ले-लेकर उसे धन्यवाद दिया... कुछ ने तो उसे चूम तक लिया। लेकिन उसकी इस साहसिक कथा को सुनकर उसके संपादक ने यह कहते हुए उसे नौकरी से निकाल दिया कि, “हेडलाइन बनने योग्य एक ज़ोरदार ख़बर का सुनहरा अवसर तुमने स्वयं गँवा दिया।”

संसार में सिर्फ़ बुराई ही नहीं है, लेकिन बात यह है कि यहाँ सिर्फ़ बुराई ही ख़बर बनती है। एक ऐसे संसार में जहाँ बुराई ने इतना शोर मचा रखा हो वहाँ हमें ज़्यादा से ज़्यादा ऐसी जगहों की ज़रूरत है, जहाँ से अच्छाई की आवाज़ भी सुनने को मिले। हम अब और मौन नहीं रह

सकते। धूम्रपान के लिए, शराब के लिए, तंबाकू चबाने के लिए और अन्य अनेक नुक़सानदायक आदतों व चीज़ों के लिए ख़ूब विज्ञापन होते रहते हैं, लेकिन अच्छी आदतों व चीज़ों के लिए, इस संसार के मन-मस्तिष्क को स्वच्छता प्रदान करने के लिए क्या उपलब्ध है?

कर चोरों का नाम बड़े-बड़े अख़बारों में प्रमुखता से दिया जाता है, इसके बजाय, कर अदा करने वालों की प्रशंसा पहले पृष्ठ पर क्यों नहीं दी जाती? हत्यारों की तस्वीरें ताज़ा ख़बर के साथ दिखाई जाती हैं... इसके बजाय, दूसरों का जीवन बचाने वालों की तस्वीरें क्यों नहीं छापी जातीं? क्यों नहीं किसी एक सैनिक की शौर्य गाथा प्रतिदिन दिखाई या पढ़ाई जाती?

बाहर निकलें और जिस-जिस के बारे में आप जो-जो अच्छा जानते हैं वह सब कह सुनाएँ। अपने माता-पिता की अच्छी-अच्छी बातें अपने मित्रों को बताएँ। आपके क्लब में सबको पता हो कि आप अपने बच्चों पर कितना गर्व करते हैं। अपने अध्यापकों की जिन अच्छी बातों की आप प्रशंसा करते हैं, उनका एक बुलेटिन बनाकर चिपकाएँ। आपके चारों ओर के साधारण लोग जो असाधारण काम कर रहे हैं, उनके बारे में ज़्यादा से ज़्यादा सार्वजनिक चर्चा करें। अपने ससुराल के लोगों को पत्र लिखें और उन्हें बताएँ कि उनके पुत्र या पुत्री को अपने पति या पत्नी के रूप में पाकर आप कितने धन्य हैं। जो भी अच्छाई आपको दिखाई दे, उसके केवल मूक प्रशंसक ही न बने रहें, उसे ज़ोर-शोर से लोगों को बताएँ, लिखें, उसका जयघोष करें।

आइए, हम संसार को बता दें, उसके मन में यह बैठा दें कि हमारा यह संसार सचमुच एक अच्छा संसार है...।

• • •

आकर्षण के लिए विकर्षण ज़रूरी है, काम के लिए आराम ज़रूरी है।

विश्राम हृदय गति (resting heart rate) आपके हृदय की वह गति है, जो उस समय होती है, जब आप सुबह जाग तो गए हों, लेकिन बिस्तर से उठे न हों। इस गति का धीमापन इस बात का सूचक होता है कि आपके हृदय को उसके फैलाव और संकुचन के बीच पर्याप्त विश्राम मिल रहा है। और इसका तेज़ होना इस बात की ओर संकेत करता है कि आपके हृदय को उसके फैलाव और संकुचन के बीच पर्याप्त विश्राम नहीं मिल पा रहा है। इसका अर्थ है कि आपकी विश्राम हृदय गति जितनी धीमी होगी, आप उतने ही स्वस्थ हैं। निष्कर्ष यह है कि जिस हृदय की प्रशंसा के हम गीत गाते रहते हैं, और जो गर्भ से लेकर दिवंगत होने तक अपना काम करता ही रहता है, उसे भी अनवरत चलते रहने के लिए विश्राम अवश्य चाहिए।

हमारी यह धारणा ग़लत और दुर्भाग्यपूर्ण है कि छुट्टियाँ मनाने जाना केवल धनी और विशिष्ट लोगों का काम है या फिर उन युवकों का जिनके कंधों पर अभी तक ज़िम्मेदारियाँ नहीं हैं। हम आज भी छुट्टियों पर जाने को एक व्यय मानते हैं। अधिकतर लोगों के लिए छुट्टियों का अर्थ धार्मिक त्यौहारों पर मिलने वाला अवकाश ही होता है।

हमारा तन या मन जब अपनी सीमा के अंत तक पहुँच जाता है, तब हमारी क्षमता और कार्य कुशलता घटने लगती है। अपनी ऊर्जा का ऊँचा स्तर फिर से पाने के लिए जिस प्रकार हम रात को आराम ज़रूर करते हैं, उसी प्रकार छुट्टियाँ मनाने से भी हमारे मन, मस्तिष्क और भावनाओं को नवजीवन मिलता है, और हमारी चेतना को भी।

और यदि हम छुट्टियाँ मनाने कहीं चले भी जाते हैं तो वहाँ एक ही दिन में दस भिन्न-भिन्न स्थानों को देख डालने के चक्कर में हम ख़ुद को थकाकर चूर कर डालते हैं। छुट्टियाँ मनाने के नाम पर पहियों पर दौड़ते रहना, यहाँ-वहाँ जाना, पूजा स्थलों पर जाना और बेतहाशा ख़रीदारी करना - हम बस यही करते हैं। ऐसी भाग-दौड़ वाली छुट्टियाँ वास्तव में आपकी व्यस्तता को विराम और आराम देने के बजाय उसे और भी अस्त-व्यस्त कर देती हैं। अन्य लोगों की क्या कहें, हनीमून पर जाने वाले जोड़े भी अपना यही हाल कर लेते हैं!

सपरिवार छुट्टियाँ मनाने जाना पारिवारिक संबंधों में गरमाहट लाने का सबसे अच्छा साधन है। इसी प्रकार, किसी संस्थान के कर्मचारियों का सामूहिक रूप से छुट्टियाँ मनाने जाना उनके पारस्परिक संबंधों को सुदृढ़ करता है। इस दौरान उन्हें एक-दूसरे से मिलने का भरपूर समय मिलता है और लगातार इकट्ठी होती आ रही भावनात्मक बाधाओं में कमी आती है। इससे प्रतिदिन के ढर्रे में ढल चुके जीवन के उस सिलसिले को कुछ विराम मिलता है जो कि अधिकांश लोगों के लिए रोज़गार के लिए की जाने वाली एक कवायद बनकर रह गया है। छुट्टियाँ मनाने से न केवल मनोरंजन मिलता है, बल्कि इससे आपकी चेतना में नवजीवन का संचार भी होता है।

अपने मोबाइल फ़ोन, लैपटॉप और कसे हुए अंतःवस्त्र पीछे छोड़ जाएँ। छुट्टियाँ मनाने के दौरान एकदम आरामदेह कपड़े ही पहनें और मॉडलिंग भूल जाएँ। क़सम खा लें कि छुट्टियाँ पूरी होने तक अपने कार्यालय को फ़ोन नहीं करेंगे। और हाँ, जहाँ आप छुट्टियाँ मनाने जा रहे हैं वहाँ जाकर अपना खाना ख़ुद बनाने में जुट जाने की ग़लती भूलकर भी न करें। अपनी जीभ को भी नए स्वादों का आनंद दें। फिर आप 'संसार में सर्वोत्तम' होने के एहसास के साथ वापस आएँगे। आप यह भी अनुभव करेंगे कि इन दिनों 'संसार आपके सिर पर सवार' नहीं था और आपके बिना भी चल रहा था।

कुछ दिन ख़ुद में चाबी न भरने के लिए अवकाश... सोच व काम के ढर्रे को थोड़ा विराम देने के लिए अवकाश... तरोताज़ा होने के लिए अवकाश... एक अलग हवा में साँस लेने के लिए अवकाश... विगत में झाँकने और आगत पर ध्यान देने के लिए अवकाश... ख़ुद को पूरी तरह परिवार के लिए समर्पित कर देने के लिए अवकाश... किसी दिन पूरे समय नव विवाहित जोड़ा बने रहने के लिए, किसी दिन पूरे समय अभिभावक बने रहने के लिए और किसी दिन पूरे समय बेटा बने रहने के लिए अवकाश... अपनी पद-प्रतिष्ठा से ख़ुद को कुछ दिन मुक्त रखने के लिए अवकाश।

प्रत्येक आकर्षण के लिए विकर्षण ज़रूरी है। अवकाश अनिवार्य है। बिना अवकाश के हम अस्वस्थ हो जाएँगे। क्या आप जानते हैं कि ईश्वर ने भी काम से अलग हटकर एक दिन का आराम किया था? बाइबल में लिखा है - "छह दिनों में ईश्वर ने स्वर्ग और धरती बनाए, फिर सातवें दिन उन्होंने आराम किया और तरोताज़ा हो गए।" - एक्सडस 31:17।

आकर्षण के लिए विकर्षण ज़रूरी है।

जब भी आप एक गतिविधि से
दूसरी गतिविधि में जाकर फिर पहली में लौटते हैं
तो आपकी क्षमता बढ़ी हुई होती है।

एकरसता कैसी भी हो, उसे तोड़ा जाना चाहिए।
परिवर्तन कैसा भी हो, वह आपके
मन-मस्तिष्क का तनाव दूर करता है,
और तनाव रहित मन हमेशा बेहतर सोचता है।

यही कारण है कि प्रकृति की गोद में बैठकर
लोग कुशलतापूर्वक सोचते हैं,
क्योंकि प्रकृति वे सभी रचनात्मक विकर्षण
प्रदान करती है, जो व्यक्ति के
आकर्षण को गहराई देने के लिए ज़रूरी हैं।

• • •

बात सही या ग़लत होने की नहीं बल्कि उपयुक्त होने की है।

आप एक 20'×16' का कमरा चाहते हैं, लेकिन आपके आर्किटेक्ट का मानना है कि 16'×16' का कमरा काफ़ी होता है। कोई एक विचार किसी दूसरे विचार से बेहतर नहीं होता, बल्कि यह तो 'आप क्या चाहते हैं' बनाम 'आप क्या पाते हैं' का मामला होता है। यदि आप आर्किटेक्ट हैं तो यह 'आप क्या देना चाहते हैं' बनाम 'आपका ग्राहक क्या लेना चाहता है' वाला मामला बन जाता है। बात सही या ग़लत होने की नहीं है और न ही अच्छे-बुरे या बेहतर या बेहतरीन की, बल्कि उपयुक्त होने और दोनों की सोच की लय-ताल की है।

कोई वर्गाकार चीज़ अपने आप में उतनी ही ठीक है जितनी कि कोई गोलाकार चीज़। तो जब कोई वर्गाकार खूँटी किसी वर्गाकार छेद में और गोलाकार खूँटी गोलाकार छेद में लगाई जाती है, तब कोई समस्या नहीं होती। समस्या सिर्फ़ तब आती है, जब हम किसी वर्गाकार खूँटी को एक गोलाकार छेद में लगाने की कोशिश करते हैं। जो काम एक टूथपिक कर सकती है, वह काम बुलडोज़र नहीं कर सकता। कई बार ऐसा होता है कि कोई बहुत अच्छा विचार भी हमारे प्रयोजन को पूरा नहीं कर पाता। सूरजमुखी सुंदर होता है लेकिन गुलाब के बगीचे में तो वह खर-पतवार ही माना जाएगा।

जो आदमी किसी स्थापित नियम-क़ायदों वाले संस्थान में काम कर चुका हो, उसे आप किसी ऐसे संस्थान में नियुक्त कर दें, जो अभी विकसित होने की अवस्था में हो, तो वह वहाँ बड़ा भारी असंतुलन पैदा कर देगा। इसी तरह जो व्यक्ति शक्ति और अधिकार, पद और प्रतिष्ठा व प्रोटोकोल

का आदी हो चुका हो वह किसी ऐसे संस्थान में कभी सहज महसूस नहीं कर सकता जहाँ ये चीज़ें न हों, जहाँ सभी कर्मचारी एक समान माने जाते हों। ऐसे व्यक्ति के वहाँ आ जाने से बहुत से लोग इस्तीफ़ा दे देंगे और अंततः वह व्यक्ति स्वयं भी इस्तीफ़ा दे जाएगा। यहाँ इन लोगों की क्षमता पर कोई संदेह नहीं किया जा रहा है, बात बस इतनी है कि वर्गाकार छेद में गोलाकार खूँटी को ठीक से लगाया नहीं जा सकता।

अपनी संस्था या संगठन में किसी व्यक्ति को लेते समय हम उसकी योग्यता, अनुभव, चातुर्य, कुशलता, प्रवृत्ति, आयु, लिंग तथा उसके काम के पिछले रिकॉर्ड पर ही ध्यान देते हैं, जबकि वास्तव में हमें ख़ुद से यह पूछना चाहिए, "क्या यह व्यक्ति मेरी संस्था या संगठन में प्रचलित संस्कृति और परिवेश के लिए उपयक्त है?"

विवाह के समय हम केवल लड़की के रंग-रूप, परिवार, पढ़ाई-लिखाई, धर्म व ज़ात-बिरादरी को ही देखते हैं। जबकि हमें ख़ुद से यह पूछना चाहिए, "क्या यह लड़की मेरे परिवार के लिए उपयुक्त रहेगी?" इसी तरह भले ही लड़का किसी बहुराष्ट्रीय कंपनी में काम करता हो, भले ही उसके पास बड़ी-बड़ी डिग्रियाँ हों, भले ही वह 6 फ़ुट 2 इंच लंबा हो, लेकिन यदि वह एक गृहिणी चाहता है और आप करियर को महत्व देने वाली लड़की हैं तो इस अनुपयुक्तता के चलते अन्य चीज़ें भी अनुपयुक्त ही हो जाती हैं। आप स्वादिष्ट भोजन के पारखी और क़द्रदान हों, लेकिन आपका विवाह एक ऐसी महिला से हो जाए जो खाने का ज़िक्र आते ही पिज़्ज़ा हट का मेन्यू उठा लेती हो, तो?

व्यक्तिगत कुशलता सामूहिक कुशलता से बहुत अलग होती है। यह सच है कि शतरंज में घोड़ा, पैदल से ज़्यादा शक्तिशाली और महत्वपूर्ण होता है, लेकिन अगर आप सफ़ेद मोहरों से खेल रहे हों, तब काले घोड़े की अपेक्षा आपका सफ़ेद पैदल आपके लिए ज़्यादा उपयोगी और मूल्यवान होता है।

उपयुक्तता हो तो 1+1 = 3 हो जाते हैं, लेकिन यदि उपयुक्तता न हो तो 1+1 = 0 ही रह जाता है।

•••

सीखने के लिए नियमित प्रशिक्षण से बेहतर कुछ नहीं है।

हमें अक्सर ऐसे कई लोग मिलते हैं जो अपने भाग्य को इसलिए कोसते रहते हैं कि उनकी शिक्षा उनकी क्षेत्रीय भाषा के माध्यम से हुई है। जबकि सिर्फ़ एक वर्ष के नियमित शिक्षण से वे अपनी मनचाही भाषा सीख सकते हैं और अपनी इस कमज़ोरी को दूर कर सकते हैं। कितनी ही बार लोग इस परेशानी में पड़ जाते हैं कि उनका ड्राइवर छुट्टी पर चला गया है। इस तथ्य के बावजूद कि उनकी कार गैरेज में खड़ी उनकी प्रतीक्षा कर रही है, वे कहीं आ-जा नहीं सकते हैं। एक महीने के नियमित प्रशिक्षण से वे कार चलाना सीख सकते हैं और अपनी इस कमज़ोरी को दूर कर सकते हैं। जनता के सामने भाषण देने का भय, मृत्यु-भय के बाद पहले स्थान पर माना जाता है। जबकि कोई भी व्यक्ति नियमित प्रशिक्षण लेकर भाषण देना और जनता के बीच बोलना सीख सकता है और कुछ ही हफ़्तों में इस कला में पारंगत हो सकता है।

जब किसी कमज़ोरी को, किसी सीमा को तोड़ा जा सकता है तो फिर उससे पीड़ित क्यों रहा जाए और इस कारण ख़ुद को आजीवन अक्षम व अयोग्य क्यों रहने दिया जाए? सीखने में, प्रशिक्षण में थोड़ा समय लगाएँ, उस कमज़ोरी को दूर करें, और फिर आजीवन उसके लाभ का आनंद उठाएँ।

नियमित और व्यवस्थित प्रशिक्षण हमें न सिर्फ़ अपनी सीमाओं पर विजय पा लेने की क्षमता प्रदान करता है, बल्कि हम जो भी हैं, उससे बेहतर बनने में वह हमारी सहायता भी करता है।

दौड़ तो कोई भी सकता है, लेकिन यदि आप एक धावक बनना चाहते हैं तो आपको एक व्यवस्थित और नियमित प्रशिक्षण से गुज़रना होगा। एक ख़राब लिखावट भी प्रशिक्षण के बाद सुलेख बन जाती है। नियमित प्रशिक्षण से साधारण बातचीत भी संवाद की कला बन जाती है। नियमित प्रशिक्षण के साथ व्यवस्थित ढंग से किया जाने वाला व्यायाम भी स्वास्थ्य-कार्यक्रम बन जाता है। आप यदि शतरंज खेलना चाहते हैं तो किसी से भी सीख सकते हैं, लेकिन यदि आपको शतरंज का चैंपियन बनना है तो आपको किसी प्रशिक्षक से प्रशिक्षण लेना होगा। योगाभ्यास और ध्यान के लिए आपको नियमित दीक्षा लेनी होगी - बशर्ते आप उसे बस 'समय बिताने' के लिए न कर रहे हों।

दादी माँ के नुस्ख़ों का कोई जवाब नहीं है, लेकिन जब वे बीमार पड़ती हैं, तो हम उन्हें लेकर डॉक्टर के पास भागते हैं। व्यवस्थित और नियमित प्रशिक्षण का कोई विकल्प नहीं है। किसी मामले में अच्छा, बेहतर और बेहतरीन के बीच के फ़र्क़ के पीछे आमतौर पर प्रशिक्षण की गुणवत्ता का हाथ होता है।

प्रसिद्ध बॉक्सर मोहम्मद अली ने एक बार कहा था, "मुझे अपने प्रशिक्षण से चिढ़ थी, मुझे यह बिल्कुल पसंद नहीं था, लेकिन मैं ख़ुद से यही कहा करता था कि 'बस इसे छोड़ना मत'। इस समय कष्ट उठा लो और फिर जीवन भर चैंपियन बन कर जियो।"

कोई भी क्षमता, व्यवस्थित और नियमित प्रशिक्षण से दक्षता बन जाती है। सर्वोत्तम बनने का अन्य कोई रास्ता नहीं है। सीखने के लिए नियमित प्रशिक्षण से बेहतर कुछ नहीं है।

यदि सच्चाई का सामना करना ही है तो देर किस बात की?

"आपने आख़िरी बार अपनी पूरी स्वास्थ्य-जाँच कब कराई थी?" डॉक्टर ने पूछा। "नहीं डॉक्टर साहब, मैंने अपनी पूरी जाँच कभी नहीं कराई," उस व्यक्ति ने कहा। "ऐसा क्यों?" चकित डॉक्टर ने पहले पूछा और फिर बोला, "चालीस की उम्र के बाद, कम से कम दो साल में एक बार तो आपको अपनी पूरी जाँच करा ही लेनी चाहिए।" इस पर वह व्यक्ति बोला, "डॉक्टर साहब, मैं यह जाँच नहीं कराना चाहता, क्योंकि फिर वे मुझे कई सारी रिपोर्ट थमा देंगे जो बता रही होंगी कि मेरा कॉलेस्ट्रॉल बढ़ा हुआ है, कि मुझे मधुमेह हो गया है... और न जाने क्या-क्या। मैं अभी बिल्कुल ठीक-ठाक हूँ। यदि एक बार यह जाँच हो गई तो मुझे लगने लगेगा कि मैं बीमार हूँ।"

आप यह अच्छी तरह जानते हैं कि इस तरह किसी चीज़ से बचकर भागना केवल थोड़े समय के लिए ही हो सकता है, और यह भी जानते हैं कि जीवन में किसी भी चीज़ से आप स्थायी रूप से नहीं भाग सकते, फिर भी आप इसका प्रयास क्यों करते रहते हैं? आप आशा के विपरीत आशा क्यों करते हैं? ऐसा क्यों है कि जो आपको जानना चाहिए, उसे आप जानना नहीं चाहते? केवल अपनी आँखें बंद कर लेने से सारा संसार अंधा नहीं हो जाता। आख़िरकार आपको इसका सामना तो करना ही पड़ेगा, तो फिर अंत में ही क्यों? कोई भी बात हो, उसे कल पर क्यों टाला जाए? कुछ भी हो, उसमें देर क्यों की जाए? आज आप जिस चिंगारी से अपनी आँखें मूँद रहे हैं, कल वही आपके सामने भीषण आग बनकर आ खड़ी होगी।

यह सच है कि अधिकांश लोग जीवन की सच्चाई का सामना करने का साहस नहीं जुटा पाते। जिस सच्चाई का सामना हमें करना है, वह यही है कि हम जीवन की सच्चाई का सामना करने का साहस नहीं कर रहे हैं।

मुझे लग रहा है कि मेरे और मेरे मित्र के बीच दूरियाँ बढ़ रही हैं। यदि इस सच का सामना कर लिया जाए तो फिर इस बारे में कुछ किया जा सकता है। हमें लग रहा है कि अभिभावक के रूप में हम अपने बेटे को जितना प्रभावित कर सकते हैं, उससे कहीं अधिक उसके मित्र उसे प्रभावित कर रहे हैं। कोई संदेह नहीं कि यह एक कड़वा सच है, लेकिन इसका सामना करने से ही इस बारे में कुछ किया जा सकता है। मुझे लग रहा है कि मेरे वैवाहिक जीवन में पड़ी दरार बढ़ती जा रही है। यह सच है और दिल तोड़ देने वाला सच है, लेकिन इस सच का सामना करने की अनिच्छा इसका समाधान नहीं कर पाएगी। मुझे लग रहा है बाज़ार की प्रतिस्पर्धा हमारे मार्केट-शेयर को निगले जा रही है। मुझे लग रहा है कि मेरे कुछ कर्मचारी मेरे प्रतिस्पर्धी के साथ काम करने का मन बना रहे हैं। मुझे लग रहा है कि जिस प्रकार मैं काम कर रहा हूँ, उससे मैं मित्र बनाने के साथ-साथ कुछ शत्रु भी बना रहा हूँ। हालाँकि मैंने उससे कह तो दिया कि ग़लती उसकी थी, लेकिन मन ही मन मैं जानता हूँ कि ग़लती मेरी ही थी। और... ऐसी बातों की सूची का कोई अंत नहीं है।

यदि आप सच्चाई का सामना करेंगे तभी उस बारे में कुछ किया जा सकेगा। यदि आप सच का सामना करने से बचते रहते हैं, तो वह और विकराल हो जाता है और बार-बार आपके सामने आ धमकता है। कम से कम अब तो उसका सामना कर लें। हो सकता है कि अभी भी कुछ किया जा सकता हो। जिसे आप अनदेखा कर देते हैं, वह आपसे कहीं दूर नहीं चला जाता। बल्कि और भी भयंकर हो जाता है और बार-बार आपके सामने आ खड़ा होता है। आप जिस सच्चाई से भागते रहेंगे, वह भविष्य में आपके पीछे पड़ी रहेगी और तब आप सोचेंगे कि "काश, मैंने ऐसा कर लिया होता... काश मैंने वैसा कर लिया होता... काश मैं कर सकता...।"

आप डॉक्टर से नियमित सलाह तो ले ही सकते हैं। स्वास्थ्य-निर्देशों का पालन कर सकते हैं। अपने खान-पान का ध्यान रख सकते हैं। अपने मित्र के साथ खुलकर बात करके आप मतभेदों को दूर कर सकते हैं। आप अपनी ओर से पहल करके, आगे बढ़कर अपने बेटे के सबसे अच्छे मित्र बन सकते हैं। आप नए ग्राहक तलाश सकते हैं। किसी ऐसे व्यक्ति को तलाश सकते हैं जो आपका मार्गदर्शक बनकर आपको दुविधा से निकाल सके, और आप 'सॉरी' बोलने का साहस करें, जो देखने में भले ही छोटा सा शब्द लगता हो, लेकिन इसका असर बड़ा होता है। हर स्थिति में कुछ न कुछ तो किया ही जा सकता है। जीवन की कड़वी सच्चाई का सामना साहस के साथ करें, क्योंकि सिर्फ़ तभी उसके बारे में कुछ किया जा सकेगा।

जब भी कोई समस्या सुलझी है, तो बस इसलिए कि किसी न किसी ने सच्चाई का सामना करना चाहा है। और इसकी शुरुआत सच का सामना करने से ही हुई है - इस सच का सामना करने से कि आप अब तक इसका सामना करने से बचते रहे हैं। तब आप पहली बार जीवन की आँखों में आँखें डालकर देख रहे होते हैं। किसी चीज़ से भागना आप जैसे और मुझ जैसे लोगों के लिए नहीं है। यदि सच्चाई का सामना करना ही है तो देर किस बात की ? उसका सामना कर ही डालें।

• • •

जीवन शतरंज के खेल की तरह है
और यह खेल आप
ईश्वर के साथ खेल रहे हैं।

आपकी हर चाल के बाद, अगली चाल
वो चलता है। आपकी चाल आपकी
'पसंद' कहलाती है और उसकी चाल
'परिणाम' कहलाती है।

आपकी परीक्षा ली जाती है...
आपको चुनौती दी जाती है...
आपको कोने में धकेल दिया जाता है।

और फिर, जब वह देखता है
कि आप अपना खेल बख़ूबी खेल रहे हैं
तो वह आपको बाज़ी जीतने देता है और
इस तरह ख़ुद भी जीत जाता है।

किसी के लिए महानतम उपहार बन जाएँ।

मुझे ऐसा संबंध चाहिए जिसमें मुझे हर समय अपने बारे में कोई स्पष्टीकरण न देते रहना पड़े। निरंतर अपने बारे में स्पष्टीकरण देने की मजबूरी जैसा थका देने वाला काम कोई और नहीं होता। शारीरिक थकान की अपेक्षा भावनात्मक थकान हमें ज़्यादा निचोड़ देती है। इसलिए मुझे एक ऐसा संबंध चाहिए जिसमें मैं स्वतंत्रता और विश्वास का आनंद ले सकूँ, जहाँ मुझे बार-बार अपने बारे में स्पष्टीकरण न देना पड़े।

मुझे इस तरह का संबंध चाहिए, जिसमें मैं अपना ही दोषी न ठहरा दिया जाऊँ। मुझमें गुण भी हैं और दोष भी। मुझे ऐसे संबंध की तलाश है, जिसमें मेरे कमज़ोर पक्ष को लगातार उकसाया और भड़काया न जाए। मैं ऐसा संबंध चाहता हूँ, जिसमें हमेशा मेरे गुणों को उजागर किया जाए।

मुझे ऐसा संबंध चाहिए जिसमें मेरे कल को लेकर मेरे आज पर नुक्ताचीनी न की जाए। इंसान होने के नाते मुझसे यदा-कदा ग़लती हो सकती है। मैं चाहता हूँ कि कोई मेरी ग़लतियों का लेखा-जोखा रखकर उसे दोहराता ही न रहे। मुझे ऐसे संबंध की तलाश है जिसमें कल की लड़ाई आज की बातचीत को बंद न कर दे... कल जहाँ कल के साथ ही विदा हो जाता हो।

मुझे ऐसा संबंध चाहिए, जिसमें हमेशा मुझे ही पहल न करनी पड़े। मुझे ऐसा संबंध चाहिए, जिसमें मुझे कुछ छिपाना न पड़े। मुझे ऐसा संबंध चाहिए जिसमें उस संबंध को बनाने और बनाए रखने के लिए मुझे अपनी पसंद-नापसंद में कोई फेर-बदल न करनी पड़े। मुझे ऐसा संबंध चाहिए जिसमें मेरी आत्म-छवि पर कोई आँच न आए। मुझे ऐसा संबंध चाहिए

जिसमें मुझसे किसी और ढंग से जीने का आग्रह न किया जाए। मुझे ऐसा संबंध चाहिए जिसमें मैं अपने आपको पूरी तरह महसूस कर सकूँ... जब मैं अपने साथ होता हूँ, उससे भी अधिक।

मुझे ऐसा संबंध चाहिए जिसमें मुझे लगे कि मैं एक बार फिर अपनी माँ के गर्भ में हूँ... एक ऐसा संबंध जिसमें मेरा मन हमेशा नवजात सा लगे।

मेरे प्रिय पाठकों, आपके पास यदि ऐसा संबंध है तो उसके प्रति आभार जताने के लिए घुटनों के बल बैठ जाएँ, क्योंकि जीवन की ओर से मिलने वाला अन्य कोई भी उपहार इससे महान नहीं हो सकता। ऐसा संबंध जीवन का महानतम उपहार है।

और यदि आपके पास ऐसा कोई संबंध नहीं है तो दुखी न हों। क्या ऊपर वाले ने पर्वत की चोटी से यह नहीं बताया था – "दूसरों के साथ वैसा ही व्यवहार करो, जैसा व्यवहार तुम उनसे अपने लिए चाहते हो" ? क्या ऐसा ही संबंध आप दूसरों के साथ नहीं रख सकते, जैसा आप दूसरों से चाहते हैं ? किसी के जीवन के लिए ऐसा उपहार आप ख़ुद बन जाएँ। किसी को इतना प्रेम करें कि आप उसके लिए महानतम उपहार के समान हो जाएँ।

लोग आपके प्रेम को इससे महसूस नहीं करते कि आप उनके साथ क्या हैं, बल्कि इससे करते हैं कि वे आपके साथ क्या हो सकते हैं। अपने प्रेम की सुगंध और छाया में अपने प्रिय को खिलने दें।

अपना सबसे अच्छा संसाधन तो आप ख़ुद ही हैं। क्या आप अपना पर्याप्त उपयोग कर रहे हैं?

जापान ने 1960 के दशक के शुरुआती वर्षों में स्टील उत्पादन में प्रवेश करने का निर्णय लिया था। स्टील उत्पादन के लिए अनिवार्य दो मूलभूत ज़रूरतें हैं लोहा और कोयला, और दोनों ही जापान में उपलब्ध नहीं थे। लेकिन जापान जानता था कि इन्हें कहाँ से आयात किया जा सकता है और वह यह भी जानता था कि इसके बाद अपने तैयार माल का निर्यात कहाँ करना है – यानी जहाँ माँग ज़्यादा हो। परिणाम – 1960 के दशक के अंत तक जापान विश्व का सबसे बड़ा स्टील निर्यातक देश बन चुका था। एक दशक के अंदर ही यह एक औद्योगिक क्रांति थी। यह हुआ कैसे? बेहतर संसाधन प्रबंधन से!

मान लीजिए कि किसी उत्पाद की उत्पादन लागत 10 रुपए है और इस पर 1 रुपए का लाभ लेकर इसे 11 रुपए में बेचा जाता है। लाभ का एक रुपया और पाने का एक तरीक़ा तो यह है कि 11 रुपए की बिक्री और की जाए, जिसका अर्थ हुआ कि बिक्री को 100 प्रतिशत बढ़ाया जाए। दूसरा तरीक़ा यह है कि यह पता लगाया जाए कि उस उत्पाद का उत्पादन मूल्य 9 रुपए तक कैसे लाया जाए, जिसका अर्थ हुआ कि लाभ का एक रुपया अतिरिक्त पाने के लिए, विक्रय मूल्य वही रखते हुए, उत्पादन क्षमता में 10 प्रतिशत का सुधार किया जाए। यहाँ मैं काम को आधे-अधूरे ढंग से करने या उत्पाद की गुणवत्ता से कोई समझौता करने की वकालत

नहीं कर रहा हूँ, बल्कि बेहतर संसाधन प्रबंधन की बात कर रहा हूँ।

नई-नई और मध्यम आकार की व्यापारिक इकाइयों में उनकी पूँजी की लागत यानी क़र्ज़ पर चुकाया गया ब्याज उनके लाभ को लील जाता है। आप यदि उनके कामकाज का लेखा-जोखा देखें तो आप पाएँगे कि समस्या पूँजी की कमी की नहीं है, बल्कि ग़लत पूँजी प्रबंधन की है। पूँजी को अर्जित करने में अकुशलता और अर्जित पूँजी के प्रबंधन में असावधानी - यह उन्हें ऊँची ब्याज दर वाले उधार में फँसा देती है। इस प्रकार उनका लाभ उनके हाथ में आने से पहले ही फिसल जाता है। साल-दर-साल कुल बिक्री तो बढ़ती जाती है, लेकिन वह लाभ में परिवर्तित नहीं हो पाती और इसका कोई स्पष्ट कारण भी नहीं दिखाई पड़ता। अब कुशलतापूर्वक पूँजी प्रबंधन वाले विशाल संगठनों को देखें। हर वर्ष वे बिक्री में भी बढ़ोतरी करते जाते हैं और लाभ में भी। कैसे? बेहतर संसाधन प्रबंधन से।

भारत के लोग यही रोना रोते रहते हैं कि जनसंख्या ही उनकी मुख्य समस्या है। विश्व ने इसका क्या किया? उन्होंने भारत की इसी जनसंख्या को कम क़ीमत वाली श्रम क्षमता के स्रोत के रूप में देखा। विश्व ने बहुत सारे काम आउटसोर्सिंग के माध्यम से भारत में कराने शुरू कर दिए और अपने लाभ में वृद्धि कर ली। बेहतर संसाधन प्रबंधन! अपने भीतरी और बाहरी, दोनों क्षेत्रों में बहुराष्ट्रीय कंपनियों को लुभाकर दुबई ने अपने वीरान और बंजर रेगिस्तान की कायापलट कर दी और उसे आर्थिक गतिविधियों का केंद्र बना दिया। बेहतर संसाधन प्रबंधन!

समस्या यह नहीं है कि आपके पास समय नहीं है, समस्या है समय नामक संसाधन के कुशल प्रबंधन की। समस्या यह नहीं है कि आपके पास पर्याप्त स्थान नहीं है, समस्या है स्थान नामक संसाधन के कुशल प्रबंधन की। समस्या यह नहीं है कि आपके पास पर्याप्त पूँजी नहीं है और इसीलिए आप धनी नहीं हैं, समस्या है पूँजी नामक संसाधन के कुशल प्रबंधन की, वह कितनी भी कम हो, लेकिन आपको धनी बनाने

के लिए पर्याप्त है। बिना लोहे और कोयले के जापान 1960 के दशक में विश्व का सबसे बड़ा स्टील निर्यातक देश बन गया। शून्य संसाधनों की मदद से जापान ने पर्याप्त परिणाम दिए। तो हमें यह विश्वास तो कर ही लेना चाहिए कि पर्याप्त की मदद से हम अच्छे परिणाम दे सकते हैं।

आपके जीवन में कहीं न कहीं, कोई न कोई संसाधन या तो गँवाया जा रहा है या उसका ग़लत प्रबंधन किया जा रहा है। देखें और तलाश करें कि वह क्या है, और उसमें सुधार करें। वास्तव में, अपना सबसे अच्छा संसाधन तो ख़ुद आप ही हैं। क्या आप अपना पर्याप्त उपयोग कर रहे हैं?

जीवन कोई लक्ष्मण रेखा नहीं खींचता...
हमारा मन ही यह रेखा खींच लेता है।
जीवन कभी कूप मण्डूक नहीं बनता...
लोग ही कूप मण्डूक बन जाते हैं।

जीवन कोई बंद दायरा नहीं है...
आप जितना चाहें इसमें निवेश कर सकते हैं...
यह पूरी तरह खुला हुआ है।

आपके जीवन में उतनी ही संभावनाएँ हैं
जितनी आपका मन सोच सकता है...
जितनी आपका दिमाग़ विश्वास कर सकता है...
और जैसा कि जीवन के प्रति आपका रवैया है।

जीवन के लिए सबसे सटीक शब्द है
'ज़्यादा'।

काम करें तो पूरी निष्ठा से करें या फिर न करें। बीच की कोई स्थिति नहीं।

एक नींबू लें और उसे बीच में से काट लें। उसे दबाकर उसका रस एक गिलास में निकाल लें। उसमें अपनी ज़रूरत के अनुसार चीनी और चुटकी भर नमक डालें - काला नमक हो तो और भी अच्छा रहेगा। गिलास में ठंडा पानी भर लें और चम्मच से अच्छी तरह मिला लें। शिकंजी तैयार है। यह बड़ी आसानी से तैयार की जा सकती है, लेकिन फिर भी दो अलग-अलग व्यक्तियों द्वारा बनाई गई शिकंजी का स्वाद एक जैसा नहीं होगा। नींबू, चीनी, नमक और पानी के अलावा कोई एक अदृश्य चीज़ भी होती है जो शिकंजी को बनाते समय प्रयोग की जाती है - और वह अदृश्य चीज़ ही स्वाद में फ़र्क़ पैदा कर देती है।

हम जो कुछ भी बनाते हैं, तैयार करते हैं, उसमें एक अदृश्य घटक डालते हैं, और यह अदृश्य घटक ही बेहतर और बेहतरीन के बीच, साधारण और असाधारण के बीच, और अच्छे व उत्कृष्ट के बीच अंतर पैदा कर देता है। जो भी काम किया गया, वह प्रेम और प्रसन्नता के साथ किया गया या उदासीनता, भावशून्यता, अनिच्छा व अरुचि के साथ किया गया? कोई भी काम हो, उसे करने में हृदय का, भावना का पुट होना ही वह अदृश्य चीज़ है। जो काम किया गया, उसमें हृदय का, भावना का पुट क्या 101 प्रतिशत रहा है - यही है निर्णायक प्रश्न।

एक बार मैंने अपनी बेटी से कह ही दिया, "कुट्टी, तुम कुकिंग या तो प्रेम और प्रसन्नता से किया करो या फिर मत किया करो। मुझे स्वाद

के फ़र्क़ से यह महसूस हो जाता है। परोसे गए भोजन में या तो जीवंतता होती है या वह बेजान सा लगता है। और यह फ़र्क़ इस पर आधारित होता है कि उसे बनाने में हृदय का, भावना का कितना प्रयोग किया गया है।

निष्ठा और समर्पण ऐसे गुण नहीं हैं, जो केवल पूजा स्थल और ईश्वर की वेदिका के लिए बचाकर रख दिए जाने के लिए हों। जो कुछ भी हम करें, निष्ठा और समर्पण के साथ ही करें... जो कुछ भी हम करें उसमें हृदय का, भावना का योगदान 101 प्रतिशत हो तो वह निष्ठा व समर्पण हो जाता है। धर्म के अर्पण में आप वह देते हैं जो आप दे सकते हैं। लेकिन, निष्ठा व समर्पण में तो आप ख़ुद को ही अर्पित कर देते हैं। समर्पण की पवित्रता के साथ किया गया कोई भी काम पूजा बन जाता है।

एकाग्रता, ख़ुशी और प्रेम निष्ठा व समर्पण के सह-उत्पाद हैं। सिर्फ़ निष्ठा व समर्पण से ही यथार्थता, कौशल एवं प्रभामण्डल की प्राप्ति होती है।

थकान और निष्ठा विपरीत ढंग से बराबर होते हैं। जब हम अपना हर काम निष्ठा के साथ करने लगते हैं, केवल तभी हम प्रकृति का यह अघोषित विधान जान पाते हैं कि - 'मनुष्य थकने के लिहाज़ से नहीं बनाया गया है।' आप यदि किसी ऐसे व्यक्ति को जानते हैं जो थकना नहीं जानता, तो समझ लें कि आप एक ऐसे व्यक्ति को जानते हैं जिसके लिए हर कार्य निष्ठा की, उपासना की अभिव्यक्ति है और उसका प्रत्येक कार्य पूजा है।

काम करें तो पूरी निष्ठा से करें या फिर न करें। बीच की कोई स्थिति नहीं होती।

प्रार्थना में आप
परमात्मा से कहते हैं,
ध्यान में आप
परमात्मा की सुनते हैं।

प्रार्थना में आप
अपनी आवाज़ सुनते हैं,
ध्यान में आप
ख़ुद से परे की आवाज़ सुनते हैं।

प्रार्थना परमात्मा के साथ
संवाद है,
ध्यान परमात्मा के साथ
समागम है।

अपनी योग्यता निखारें और क्षमता बढ़ाएँ, यही प्रगति है।

इस तरह सोचना छोड़ दें - 'हम तो यह काम इसी तरह करते आए हैं, इसलिए इसे इसी तरीक़े से किया जाना चाहिए।' परंपराओं के कारण पंगु न बनें। बर्फ़ पर कुछ भी नहीं उगता। यदि हम अपने मन-मस्तिष्क को बर्फ़ की तरह जम जाने देंगे तो उसमें नए विचारों के अंकुर कभी नहीं फूटेंगे। पुरानेपन की ओर लौटना और उसके बारे में सोचना बंद कर दें और नएपन की ओर चलना, नए के बारे में सोचना शुरू करें। किसी भी मानवीय प्रयास में परम पूर्णता पाना असंभव है - वह चाहे कोई सैटेलाइट बनाना हो या बच्चों को पालना हो। सुधार की गुंजाइश हमेशा बनी रहती है। जो लोग सफल रहे हैं वे यह बात जानते हैं। तभी तो वे यह प्रश्न करते ही नहीं, "क्या मैं इससे बेहतर कर सकता हूँ?" क्योंकि वे जानते हैं कि वे कर सकते हैं। इसीलिए वे यह प्रश्न करते हैं, "मैं इसे और बेहतर कैसे कर सकता हूँ?"

व्यक्ति जहाँ पहुँचना चाहता है, उसी के अनुरूप हो जाता है। आप जो कुछ भी करें, उसमें सुधार की गुंजाइश के बारे में, उसे और बेहतर करने के बारे में ज़रूर सोचें। आप जो कुछ भी करें, उसके उच्चतम स्तर के बारे में सोचें। यह विश्वास करें कि यह वैसा हो सकता है। क्योंकि आपका यह विश्वास आपके मन को इसके लिए सही रास्ते की तलाश में लगा देता है। कोई न कोई रास्ता ज़रूर होता है और कोई बेहतर रास्ता भी होता है। जब आप यह मान बैठते हैं कि अमुक काम असंभव है, तब आपका मन-मस्तिष्क ऐसी दलीलें ढूँढ़ने में लग जाता है कि यह असंभव क्यों है। लेकिन, जब आप यह विश्वास कर लेते हैं कि अमुक काम किया

जा सकता है, तब आपका मन-मस्तिष्क उसे पूरा करने के रास्ते तलाशने में आपकी सहायता करने लगता है। और वह रास्ता तलाश भी लेता है - बशर्ते आप उसे ऐसा करने दें। अधिकतर लोग अपनी इच्छाओं का गला इसलिए घोंट देते हैं क्योंकि उनकी नज़र इसी बात पर टिकी रहती है कि वे उस काम को क्यों नहीं कर सकते, जबकि हमारी नज़र जिस पर टिकी रहनी चाहिए वह है कि हम उसे क्यों व कैसे करें।

जीवन के हर कार्य में - हमारे काम-काज से लेकर घर और सामुदायिक विकास तक - सफलता का सूत्र यही है - 'आप जो भी करें उसे बेहतर से बेहतर करें' (अपने परिणाम की गुणवत्ता निखारें), और 'आप जितना कर सकते हैं उससे ज़्यादा करें' (अपने काम की मात्रा को बढ़ाएँ)। परिणाम को निखारना और मात्रा को बढ़ाना - यही प्रगति है।

अपने आपको लगातार यह याद दिलाते रहें कि आप ख़ुद को जैसा समझ रहे हैं, आप उससे कहीं बेहतर हैं, इसलिए जो भी काम आप जिस तरह करते आ रहे हैं, उसे उससे बेहतर कर सकते हैं। साथ ही, ख़ुद को लगातार यह भी याद दिलाते रहें कि आप उतना नहीं कर रहे हैं, जितना कि आप कर सकते हैं, ताकि जितना भी आप करते आ रहे हैं उससे कहीं ज़्यादा कर सकें।

जो आप करते आए हैं, उसे बेहतर बनाना आपकी योग्यता बन जाती है। जितना आप करते आए हैं, उससे अधिक करना आपकी क्षमता बन जाती है।

अपनी योग्यता निखारें और क्षमता बढ़ाएँ, यही प्रगति है।

काश मुझे पता होता कि इसका परिणाम इतना अच्छा होगा...

एक दुर्घटना में उसकी टाँग की हड्डी टूट गई। इससे चलने-फिरने में असमर्थ हो जाने के कारण उसे कई महीनों तक बिस्तर पर ही पड़े रहना पड़ा। वह एक बहुराष्ट्रीय कंपनी में एक अच्छे पद पर था, लेकिन वह नौकरी भी हाथ से जाती रही। उसकी बुज़ुर्ग माँ, जिन्हें ख़ुद देखभाल की ज़रूरत थी, अब उसकी देखभाल में लगी हुई थीं। बुरा समय, है न? नहीं, पूरी तरह नहीं! लाचार हो चुके उस व्यक्ति के पास अब अपनी इच्छानुसार बिताने के लिए समय ही समय था। उसने एक बहुत समझदारी वाला निर्णय लिया - उसने अपना सारा समय पढ़ने में लगा दिया। पुस्तकों में संग्रहित महान लोगों के विचारों से प्राप्त उत्कृष्ट ज्ञान से उसने अपनी अंतरात्मा को सींचा। इसी दौरान उसमें आध्यात्मिकता का सूत्रपात भी हो गया, और उसे यह बोध हो गया कि उसे अपना जीवन किसी प्रयोजन के साथ जोड़ लेना चाहिए। इससे उसका जीवन रूपांतरित हो गया... और वह ख़ुद भी हमेशा के लिए रूपांतरित हो गया। आज वह उस प्रयोजन के साथ जी रहा है। अध्यात्म से जुड़ा है। अब उसके जीवन को दो भागों में बाँटा जा सकता है - दुर्घटना से पहले और दुर्घटना के बाद। एक बार उसने अपनी डायरी में लिखा, “काश मुझे पता होता कि इसका परिणाम इतना अच्छा होगा, तो हो सकता है कि मैं शुरू से ही इसका आनंद लेता।”

मैं आपसे पूछता हूँ “क्या अपने बच्चों से प्रेम करने वाले माता-पिता उन्हें कभी कोई ऐसी कहानी भी सुनाते हैं, जिनका अंत सुखद न होता हो?”

जिसकी आत्मा ने तप किया उसे हम महात्मा कहते हैं। मलिन और दीन-दुखी जन को गले लगाकर सहायता करने में रम गई उस स्कूल शिक्षिका को हम 'मदर' कहते हैं। अपने ही सलीब को अपने ही कंधों पर ढोकर ले जाने वाला हमारे लिए आशा का प्रतीक बन गया। कारावास में जन्म लेने के बावजूद उसने अपना जीवन आत्म-विश्वास और प्रेरणा के अवतार के रूप में जिया। लगता है कि परिणाम सदैव अच्छा होता है... हमारी सीमित कल्पना और सीमित सोच से परे जो है, वह कहीं ज़्यादा असीम है, ज़्यादा विशाल है।

उतार-चढ़ाव और फेर-बदल के बिना जीवन क्या है? उत्सुकता और अचरज के बिना जीवन क्या है? उसे आप चाहे बुरा समय कह दें या फिर कसौटी पर परखे जाने वाला समय मान लें। लेकिन ऐसा समय ज़रूर आएगा जब हर वह व्यक्ति जिसने अपनी मुसीबतों के लिए कहा था - "मेरे साथ ही क्यों?" बाद में हर अनुकंपा के लिए पूछेगा - "मुझे ही क्यों?"

इल्ली (कैटरपिलर) एक तितली बन जाने के लिए इतनी लालायित रहती है कि अपने पंख उग आने तक के लिए वह एक कवच (ककून) में क़ैद हो जाने को तैयार हो जाती है। जीवन भी कभी-कभी हमें किसी ककून में क़ैद हो जाने के लिए इसलिए धकेल देता है ताकि हम शानदार रंगों की विजय पताका फहराते हुए बाहर आएँ। बाँसुरी बनाने के लिए बाँस को काटना पड़ता है। पत्थर के टुकड़े को मूर्ति का रूप देने के लिए तराशना पड़ता है। सोने को कुंदन बनाने के लिए उसे आग में तपाना होगा। कुछ बनने के लिए आपको परीक्षाओं और परीक्षणों से गुज़रना ही होगा। आपको यह विश्वास करना होगा कि कहानी में आख़िरकार सब अच्छा ही होगा। आपके विश्वास को यहाँ जीतना होगा, लेकिन इसके बदले में उपहार स्वरूप मिलेगा एक उत्कृष्ट संपन्न जीवन!

अंततः जो आप बन सकते हैं, वह बनने के लिए जीवन की किसी भी कसौटी के लिए तैयार रहें।

अपने लेबल हटा दें, आप अपने आपमें पर्याप्त हैं।

जब आप अपनी पत्नी को सतर्क करते हैं – "तुम अपने स्वास्थ्य का ध्यान नहीं रख रही हो।" तब वह इसे इस रूप में लेगी कि यह आपका प्रेम है। लेकिन जब आप उससे कहते हैं – "पति होने के नाते, मुझे लगता है कि तुम्हें यह बताना मेरा अधिकार है कि तुम्हें अपने स्वास्थ्य का ध्यान रखना चाहिए।" तब वह यह समझती है कि आप उस पर हावी होना चाहते हैं। आप अपने पति से समय पर भोजन करने के लिए कहेंगी तो वह इसे अपने प्रति आपकी परवाह समझेगा और यह उसे अच्छा भी लगेगा। लेकिन अगर आप उससे कुछ इस तरह बोलेंगी- "काम तो मेरे पिता भी करते हैं, लेकिन वे तुम जैसे नहीं हैं। तुम अपना भोजन समय पर क्यों नहीं करते हो?" आप देखेंगी कि यह सुनकर उसका मुँह लटक जाएगा।

लोग ख़ुद पर कोई लेबल लगाया जाना पसंद नहीं करते। लेबल के साथ उनका अहं उलझ जाता है। लेबल लोगों के दिमाग़ को ठप्प कर देते हैं। लेबल के रूप में जो कुछ भी किया जाता है, उसे कभी ख़ुशी-ख़ुशी स्वीकार नहीं किया जाता।

आप किसी को बताएँ – "हरी पत्तेदार सब्ज़ियाँ तुम्हारे स्वास्थ्य के लिए अच्छी रहेंगी," तो वह उन्हें अपने भोजन में शामिल कर लेगा। लेकिन, अगर आपने कहा, "एक पक्का शाकाहारी होने के नाते मैं तुम्हें बता दूँ कि तुम्हें हरी पत्तेदार सब्ज़ियाँ खानी शुरू कर देनी चाहिए," तो वह इस मुद्दे पर आपसे बहस करना शुरू कर देगा। 'शाकाहारी' वाला लेबल ही यहाँ समस्या बन गया है।

यदि आप किसी से कहते हैं कि "उसे माफ़ कर दो। जो हमें ठेस या चोट पहुँचाए उसे भी प्रेम करो," तो हो सकता है कि वह आपकी बात पर ध्यान दे। लेकिन यदि आपने कुछ इस तरह कहा, "एक सच्चा ईसाई होने के नाते, मैं तुमसे अनुरोध करता हूँ कि उसे माफ़ कर दो, और अपने दुश्मन को भी प्रेम करो," तो इससे आप ख़ुद ही उसके अगले शत्रु बन जाते हैं। 'ईसाई' वाला लेबल ही यहाँ समस्या बन गया है।

मान लीजिए आपने किसी से कहा कि "कितना अच्छा हो अगर हमारे हवाई अड्डों की व्यवस्था और बेहतर हो जाए।" तो वह आपके दृष्टिकोण का समर्थन करेगा। लेकिन अगर आपने यह कह दिया, "सिंगापुर में रहकर मैंने देखा है कि चीज़ों को व्यवस्थित कैसे रखा जा सकता है। काश कि हमारे हवाई अड्डे और व्यवस्थित होते," तो इसे आपका विदेश प्रेमी होना माना जाएगा।

आपका रोटरी का सदस्य बनना आपके साथी को अच्छा नहीं लग रहा है। कोई ब्राह्मण विरोधी है तो कोई असम से आए लोगों को विश्वसनीय नहीं मानता है। 'सारे मारवाड़ी एक जैसे होते हैं' – सबको एक ही पैमाने पर नापने वाली ये सब मूर्खतापूर्ण टिप्पणियाँ ही तो हैं।

यह एक मानवीय दुर्बलता है। किसी लेबल के साथ, किसी उपनाम के साथ जब आपका आमना-सामना होता है तो आप ख़ुद को कुछ छोटा महसूस करने लगते हैं। इसलिए अपने बचाव में आप अपनी पूरी शक्ति से उठ खड़े होते हैं। पता नहीं क्यों, लेबलों के साथ इंसान किसी न किसी 'जटिलता' से पीड़ित हो जाता है। उसे आपसे कोई समस्या नहीं होती। उसकी समस्या उस चीज़ से है, जिसका प्रतिनिधि बनकर आप उसके सामने होते हैं – पद, प्रतिष्ठा, धर्म, आदि...

हमें किसी लेबल की ज़रूरत ही क्या है? क्या वह कोई पद है, जिससे आप गौरवान्वित होते हैं या फिर वह आप हैं, जिससे वह पद गौरवान्वित होता है? क्या कुर्सी को आपकी ज़रूरत है, या आपको कुर्सी की ज़रूरत

है? यदि केवल कोई लेबल या कोई उपनाम ही आपका परिचय है तो फिर किसी लेबल के बिना आप कुछ कर ही नहीं सकेंगे। जो भी व्यक्ति केवल किसी लेबल या उपनाम के बल पर रहता है, वह कभी गहरे और घनिष्ठ संबंध नहीं बना पाता। आप यदि एक ऐसे व्यक्ति हैं जिससे उस लेबल का महत्व बढ़ता है तो फिर आपको उसकी ज़रूरत ही नहीं है। गहरे और घनिष्ठ संबंधों का शुभारंभ इसी से होता है।

"गुरुदेव, मुझे अपना शिष्य स्वीकार कीजिए," जिज्ञासु ने आग्रह किया। "मुझे बताओ कि तुम कौन हो," गुरु ने पूछा। *"रामचंद्र राव।"* "यह तो तुम्हारा नाम है, इसे हटा दो और फिर बताओ कि तुम कौन हो," गुरु ने फिर कहा। *"मैं एक व्यापारी हूँ।"* "वह तो तुम्हारा व्यवसाय है, उसे हटा दो और फिर बताओ कि तुम कौन हो।" *"मैं एक पुरुष हूँ।"* "वह तो तुम्हारा लिंग-भेद है, उसे हटा दो और फिर बताओ कि तुम कौन हो।" *"गुरुदेव, इससे आगे मैं नहीं जानता कि मैं कौन हूँ!"* "अब ठीक है। किसी जिज्ञासु की यात्रा का पहला चरण यही होता है। जब आप अपने सारे लेबल हटा देते हैं और विशुद्ध आप ही रह जाते हैं, वही हर चीज़ की शुरुआत का प्रारंभिक बिंदु होता है। आपका बिज़नेस कार्ड पुजारी को तो प्रभावित कर सकता है, लेकिन ईश्वर के आगे यह निरर्थक है," गुरु ने दृढ़तापूर्वक कहा।

अपने लेबल हटाकर ख़ुद की और दूसरों की मदद करें। आप अपने आपमें पर्याप्त हैं। केवल विशुद्ध आप - हर चीज़ की शुरुआत का प्रारंभिक बिंदु। जब आप - जैसे आप हैं - अपने आपके लिए पर्याप्त होते हैं, तब आप आज़ाद होते हैं, आत्म निर्भर होते हैं। यही है वास्तविक आज़ादी!

लोहे की एक छोटी सी छड़ का
मूल्य होता है 250 रुपए...

इससे घोड़े की नाल बना दी जाए
तो इसका मूल्य हो जाता है 1,000 रुपए;

इससे सुइयाँ बना दी जाएँ
तो इसका मूल्य हो जाता है 10,000 रुपए;

इससे घड़ियों के बैलेंस स्प्रिंग बना दिए जाएँ
तो इसका मूल्य हो जाता है 1,00,000 रुपए।

आपका अपना मूल्य
इससे निर्धारित नहीं होता कि आप क्या हैं
बल्कि इससे निर्धारित होता है कि
आपमें ख़ुद को क्या बनाने की क्षमता है।

ख़र्च याद नहीं रहता, अनुभूति याद रहती है।

आप यह तो नहीं जानते कि आपकी पूरी पढ़ाई-लिखाई में कितना धन ख़र्च हुआ, लेकिन अपने स्कूल-कॉलेज की यादें आपके मन में बसी ही रहती हैं। अब से कुछ साल बाद आप भूल जाएँगे कि अस्पताल में आपका कितना ख़र्च हुआ, लेकिन आप उन यादों को हमेशा सँजोकर रखेंगे कि आप अपनी माँ का जीवन बचा सके थे, या नवजात के रूप में एक नया जीवन अपने साथ ला सके थे। आपको अपने हनीमून में ख़र्च हुआ धन याद नहीं रहेगा, लेकिन अपने साथी के साथ बिताए उन पलों की सुखद अनुभूति को आप आजीवन भुला नहीं पाएँगे। ख़र्च याद नहीं रहता, अनुभूति याद रहती है।

अच्छा समय और बुरा समय, अमीरी के दिन और ग़रीबी के दिन, वह समय जब आपको अपना भविष्य सुरक्षित दिखता था और वह समय जब आप यह भी नहीं जानते थे कि कल का सवेरा होगा भी या नहीं... किसी न किसी रूप में हर एक को उतार-चढ़ाव और उथल-पुथल वाले समय से गुज़रना ही पड़ता है। अच्छे दिनों के बाद और बुरे दिनों के बाद, जो बचा रह जाता है, वह है उन दिनों की अनुभूति की यादें। कभी तो बटुआ ठसाठस भरा होता है और कभी जेब में फूटी कौड़ी भी ढूँढ़े नहीं मिलती। कभी-कभी आपके पास बहुत कुछ होता है, लेकिन आपके माथे पर बल पड़े रहते हैं। कभी-कभी आपके पास जो है, वह आपके लिए पर्याप्त नहीं होता, लेकिन आपके होठों पर मुस्कान खिली रहती है। आज, अतीत में झाँकते हुए, किसी के साथ बीते अच्छे दिनों के आभार स्वरूप आपकी आँखें नम हो सकती हैं और कभी आप अकेले में रोए थे, यह याद करके आप मुस्कुरा

भी सकते हैं। कुल मिलाकर जीवन ने आपको ढेर सारे अनुभव दिए हैं, जिनसे आप अपना इतिहास लिख सकते हैं, लेकिन उस सबको आप अकेले ही याद कर सकते हैं।

पहली बार किसी के हाथ का सहारा लिए बिना जब आपने साइकिल अपने आप चलाई थी...

पहली बार जब उसने 'हाँ' कहा था, वह भी आपके प्रस्ताव के दो वर्ष बाद...

अपने बच्चे के रोने का वह पहला स्वर... वह पहला क़दम... वह पहला शब्द... वह पहला चुंबन...

वह पहला उपहार जो आप अपने माता-पिता के लिए लाए थे और वह पहला उपहार जो आपकी बेटी ने आपको दिया था...

मंच पर आपका वह पहली बार आना... तालियों की वह पहली गड़गड़ाहट... वह पहला पुरस्कार...

इस सूची का कोई अंत नहीं है... समय की मार से अनछुई रहने वाली अनुभूतियाँ ही अनुभूतियाँ...

इस बात से इंकार नहीं किया जा सकता कि हर भौतिक वस्तु का मूल्य धन है। लेकिन यह भी एक सच्चाई है कि किसी अनुभूति के लिए चुकाया गया धन तो हम भूल जाते हैं, लेकिन उस अनुभूति को कभी नहीं भूल पाते।

क्या हुआ यदि थोड़ी आर्थिक तंगी है? उसे रहने दें, लेकिन अपने जीवन की गुणवत्ता में कमी न आने दें। अपने माता-पिता को यदि आप तीर्थ यात्रा पर नहीं ले जा पा रहे हैं तो उन्हें मंदिर तो ले ही जा सकते हैं। अपने बच्चों को किसी अंतर्राष्ट्रीय आयोजन में नहीं ले जा सकते तो किसी स्थानीय पार्क में जाकर उनके साथ खेल तो सकते हैं। अपने प्रिय

की गोद में सर रखकर लेटने, या उसका सर अपनी गोद में रखकर बैठने में तो कोई धन नहीं लगता। कर्मचारियों को प्रशिक्षित करने का, नेतृत्व गुणों वाले अधिक से अधिक कर्मचारी तैयार करने का और अच्छे समय के लिए अपनी चाल तेज़ कर देने का सही समय यही है। और हाँ, आपका स्वास्थ्य, ज्ञान का विकास और आध्यात्मिक उत्थान जैसे पहलू आर्थिक दशा पर तो कभी निर्भर नहीं रहते!

समय बीत जाएगा... आर्थिक स्थिति फिर पटरी पर आ जाएगी... मुद्रा फिर मज़बूत हो जाएगी... लेकिन इस सबमें, मैं नहीं चाहता कि आप पीछे मुड़कर देखें और पाएँ कि यह समय आपने निराशा, हताशा और उदासी में करवटें बदलते हुए बिताया है। धन का आभाव आपको धन से वंचित रख सकता है, लेकिन इसके कारण ख़ुद को अनुभवों से वंचित न होने दें... जो आपके पास है, यदि उससे आप सुखी नहीं हैं तो आपके पास चाहे जितना आ जाए, फिर भी आप सुखी नहीं हो सकेंगे।

जीने की कला का सूत्र यह बना लें : मेरे सुख की अनुभूति इस पर निर्भर नहीं करती है कि मेरे पास क्या है और कितना है।

जन्म के समय आपका जीवन
एक कोरा कैनवस था, फिर आपकी सामर्थ्य के
रंग और आपके चयन की कूची
इस कैनवस को चित्रित करते रहे।

मृत्यु के समय यह कैनवस या तो
एक बहुमूल्य श्रेष्ठ कृति होगा या
लापरवाही वाली एक ऊटपटांग गिचपिच।

वही दिन यह निर्णय करेगा
कि आप अपने जीवन को चित्रित करने में
कितने कुशल रहे हैं।

लाड़ आपको कमज़ोर बनाता है, प्रेम आपका सृजन करता है।

ऐसा लगता है कि 'प्रेम पाने' के बजाय 'लाड़ पाने' की ललक हममें अधिक रहती है। दोनों में अंतर क्या है? अधिकांश लोगों के लिए प्रेम पाने का अर्थ है कि प्रेम करने वाला उनके प्रति हमेशा सौम्य बना रहे, उन्हें कभी 'ना' न कहे, उनकी आलोचना या शिकायत न करे, ऐसा कुछ न करे, जिससे उन्हें कोई असहजता या परेशानी हो... दरअसल, वह उन्हें वैसा ही रहने दे जैसे कि वे हैं, उन्हें बदलने की इच्छा या भावना न दिखाए। वह मुझे उसी तरह प्रेम करे, जैसे मैं चाहता हूँ - यह लाड़ है।

लाड़ करना प्रेम नहीं है। प्रेम यानी वह भावना जिससे फ़र्क़ पड़ता है। लाड़ आपको कमज़ोर बनाता है, प्रेम आपका सृजन करता है।

कोई भी व्यक्ति संपूर्ण नहीं है। सुधार की संभावना हमेशा बनी रहती है। जो आपको प्रेम करते हैं, उनके अलावा किसी को यह सरोकार नहीं रहता है कि आपमें सुधार आए। सहन किए जाने के नाम पर, लाड़ आपकी अपूर्णताओं को अपूर्ण ही रहने देता है। लेकिन आपके अहं को ठेस लगने के जोखिम के बावजूद प्रेम आपको आईना दिखा देता है, ताकि आप अपनी कमियों को सुधार सकें। लाड़ आपके अहं को प्रभावित करता है। प्रेम आपको प्रभावित करता है।

कोई व्यक्ति हमेशा सही नहीं हो सकता। हर बात मान लेने के चक्कर में, जो सही नहीं है, लाड़ उसे भी सही ठहरा देता है। प्रेम एक दर्पण की तरह है और वह आपको आपका प्रतिबिंब दिखा देता है - वैसा नहीं जैसा कि आप देखना चाहते हैं, बल्कि वह जो आप वास्तव में हैं।

जबकि लाड़ तो एक दिखावा है, एक मुखौटा है जो हमेशा अच्छा-अच्छा दिखना और दिखाना चाहता है। लेकिन ग़लत समझ लिए जाने का जोखिम उठाकर भी, प्रेम एक रचनात्मक समालोचक बना रहता है।

अधिकांश लोगों का प्रेरणा स्तर बहुत ऊँचा नहीं होता। आगे बढ़ने के लिए आपको किसी बाहरी व्यक्ति या चीज़ की ज़रूरत पड़ती है। लाड़ आपको आपकी कर्मठता के निचले स्तर में, आपकी आरामतलबी में पड़ा रहने देने का अधर्म करता है। प्रेम, मित्र के सृजन के लिए, मित्रता को भी दाँव पर लगा देता है। 'जीवन के प्रति ख़ुद को और ज़्यादा समर्पित करो' - प्रेम का यही संदेश रहता है, वह भी पूरे ज़ोर-शोर से। आप जैसे हैं, वह आपको वैसा ही नहीं रहने देता। जो बदलता नहीं है, वह बढ़ता भी नहीं है। किसी को उसकी निष्क्रियता की ऊँघ से जगाने के लिए आवाज़ लगा देना - यह प्रेम का विशुद्ध और उत्कृष्ट स्वरूप है।

लाड़ तो शराब की लत जैसा होता है। यह आपकी शामों को मज़ेदार तो बना सकता है, लेकिन इससे आपमें कोई बदलाव आने वाला नहीं है। प्रेम ध्यान की तरह होता है। इसमें लगता तो ऐसा है कि कुछ नहीं हो रहा है, लेकिन फिर भी आपमें सब कुछ बदल जाता है। प्रेम पाने की और अपने सृजन की आकांक्षा करें, न कि लाड़ पाने और गर्त में पड़े रहने की।

मेरे प्रिय! मेरा तुमसे यह कहना है कि "हो सकता है कि मेरा प्रेम एक ऐसे आवरण में न हो, जैसा तुम चाहते हो, लेकिन मेरा प्रेम एक प्रयोजन पूरा करता है, और वह है तुम्हारा सृजन करना।"

स्वीकार करना = सकारात्मक भावना

जब कोई किसी काम को इस ढंग से करता है, जिस ढंग से मैं उसे होते देखना नहीं चाहता और जिसे मैं स्वीकार भी नहीं कर सकता तो मैं क्रोधित हो उठता हूँ। लेकिन, जब कोई किसी काम को इस ढंग से करता है, जिस ढंग से मैं उसे होते देखना भले न चाहूँ, लेकिन फिर भी मैं उसे स्वीकार करने की स्थिति में हूँ, तो मैं सहिष्णु बन जाता हूँ।

किसी के पास जब कोई ऐसी चीज़ होती है जो मेरे पास नहीं है, या वह कोई ऐसा परिणाम दे सकता है जो मैं नहीं दे सकता, और यदि मैं यह बात स्वीकार भी नहीं कर पाता, तो मैं ईर्ष्यालु हो उठता हूँ। लेकिन यदि मैं यह सब स्वीकार करने की स्थिति में हूँ तो मैं प्रेरित हो जाता हूँ।

जब मैं किसी अनिश्चितता में उलझ जाता हूँ और यह निर्णय नहीं ले पाता हूँ कि अब क्या करूँ, और यह बात मैं स्वीकार भी नहीं कर पाता हूँ तो यह स्थिति मुझमें भय पैदा कर देती है। जब मैं किसी अनिश्चितता में उलझ जाता हूँ और यह निर्णय नहीं ले पाता हूँ कि अब क्या करूँ, लेकिन यह बात मैं स्वीकार कर लेता हूँ तब मैं जोखिम उठाने का साहस अनुभव करता हूँ।

जब कोई कुछ ऐसा कर देता है जो मुझे भावनात्मक रूप से ठेस पहुँचाने वाला हो, और मैं उसे स्वीकार न कर पाऊँ, तो मुझमें उसके प्रति घृणा पैदा हो जाती है। जब कोई कुछ ऐसा कर देता है, जो मुझे भावनात्मक रूप से ठेस पहुँचाने वाला तो हो, लेकिन मैं उसे स्वीकार कर लूँ तो यह स्थिति उसे माफ़ कर देने में मेरी मदद करती है।

जब कोई मेरे ख़यालों में तो मौजूद रहे, लेकिन शारीरिक रूप से मेरे साथ

न हो, और मैं यह स्थिति स्वीकार भी न कर पाऊँ, तो मैं कह उठता हूँ, 'मुझे तुम्हारी कमी खल रही है।' जब कोई मेरे ख़यालों में तो मौजूद रहे लेकिन शारीरिक रूप से मेरे साथ न हो, और मैं इसे स्वीकार कर लूँ, तो मैं कहता हूँ, 'मैं तुम्हारे बारे में ही सोच रहा हूँ।'

और तब भावनात्मक समीकरण काफ़ी आसान होगा।

कुछ होना + स्वीकार करना = सकारात्मक भावना

कुछ होना + स्वीकार न करना = नकारात्मक भावना

तो यह 'कुछ' या 'कोई' नहीं है, जो मुझे सकारात्मक या नकारात्मक अनुभूति दे रहा होता है, बल्कि यह उस व्यक्ति, वस्तु या स्थिति को मेरा 'स्वीकार कर लेना' या 'स्वीकार न करना' है जो मुझे सकारात्मक या नकारात्मक अनुभूति दे रहा होता है। बात इस संसार की नहीं है, बल्कि संसार के प्रति मेरी प्रतिक्रिया - स्वीकार करना या न करना - की है, जो मेरी भावनात्मक गुणवत्ता को निर्धारित करती है।

अगली बार जब किसी नकारात्मक भावना के कारण मैं ख़ुद को परेशान होता पाऊँगा, तो यह पूछने के बजाय कि यह क्या है, या कौन है जो मुझे परेशान कर रहा है, मैं यह देखूँगा कि किस व्यक्ति, या चीज़, या स्थिति के प्रति मैं प्रतिरोध (स्वीकार न करना) कर रहा हूँ। और फिर उसका प्रतिरोध करने के बजाय मैं उसे स्वीकार कर लूँगा। तब नकारात्मक भावना अपने आप ही सकारात्मक भावना में रूपांतरित हो जाएगी।

किसी व्यक्ति, वस्तु या स्थिति के मत्थे दोष मढ़ना बंद कर देने और 'स्वीकार कर लेने' की ज़िम्मेदारी के साथ, जीवन पर प्रतिक्रया करने से भावनात्मक कौशल की शुरुआत हो जाती है।

ज्ञान अतीत की व्याख्या करने के लिए नहीं, बल्कि भविष्य का निर्माण करने के लिए है।

अपने पिछले 19 वर्ष के औसत दर्जे के जीवन और उसमें एक के बाद एक जुड़ते विफलता के अध्यायों को साथ लिए हुए, मैं अपने मित्र विजय राघवन की बात सुन रहा था। वह कह रहा था, "किसी स्प्रिंग को तुम जितना दबाओगे, छोड़े जाने पर वह उतना ही वापस उछलेगा। क्या हुआ यदि तुम्हारा जीवन 19 वर्षों की विफलताओं से भरा हुआ है ? अब उसे वापस धकेलो। अपनी भूमिका की पटकथा फिर से लिखो।" यह सुनकर मेरी आँखें जैसे पहली बार खुलीं और इसके बाद मैंने जीवन में पीछे मुड़कर नहीं देखा... इसकी ज़रूरत भी नहीं पड़ी। वह तो अच्छा हुआ कि विजय राघवन से मैंने यह नहीं कह दिया, "काश, यह संदेश लेकर तुम मेरे जीवन में पाँच वर्ष पहले आए होते!"

ज्ञान के दृष्टिकोण से, महत्वपूर्ण यह है कि आप देख किसे रहे हैं - अपने अतीत को, या अपने भविष्य को ?

मैं या तो यह कह सकता हूँ, 'मेरी अँग्रेज़ी अच्छी नहीं है' या फिर यह कह सकता हूँ, 'मैं अपनी अँग्रेज़ी बेहतर करना चाहता हूँ।' आज की ज़मीन पर खड़े होकर आप भविष्य को देखें, अतीत को नहीं। ज्ञान को लेकर आगे देखें, पीछे नहीं। जो लोग यही कहते रहते हैं - 'काश, यदि...', वे दरअसल ज्ञान को लेकर बीते कल में झाँक रहे होते हैं। अगर आप अपने भविष्य निर्माण को लेकर जागरूक हैं, तो फिर अपने अतीत को दोबारा जीवित करने की अर्थहीन कोशिश क्यों कर रहे हैं ?

कोई ज्ञान आपको देरी से नहीं मिलता... वह तभी मिलता है जब उसे मिलना होता है... जब आप उसे पाने के लिए तैयार हो गए होते हैं। यही संदेश विजय राघवन ने मुझे पाँच वर्ष पहले दिया होता तो यह मुझ पर कोई असर ही न करता। ऊपर वाले की समय सारणी पर कभी प्रश्न न उठाएँ।

मोहनदास करमचंद गाँधी ने जब आगे देखा तो वे महात्मा गाँधी बन गए। नरेंद्र ने जब आगे देखा तो वे विवेकानंद बने। हमारा भविष्य हमारे अतीत के समतुल्य नहीं होता। भविष्य के स्वागत के लिए सबसे बड़ी प्रेरणा है – 'हमारा सर्वोत्तम तो अभी आना है।' हर ज्ञान के साथ, हर ज्ञात के साथ, हर बोध के साथ, हर गंभीर जागरण के साथ... हम अपने इच्छित भविष्य का निर्माण करने की ओर आगे बढ़ें।

आपको ज्ञान अतीत की व्याख्या करने के लिए क़तई नहीं दिया गया है, बल्कि यह तो भविष्य का निर्माण करने के लिए दिया गया है।

आगे देखें... आप नहीं जानते कि आप क्या बन सकते हैं। जो आप बनने वाले हैं, वह भविष्य में कहीं आपकी प्रतीक्षा में है। चलिए आगे बढ़ें... उस व्यक्ति से मिलें जो आप बनने वाले हैं।

गुणवत्ता ही वह अदृश्य शक्ति है।

मैं उस सुप्रसिद्ध वक्ता को उसकी गंदी कार से उतरता देखकर दंग रह गया... वह कार इतनी गंदी थी कि मैं अपने बाएँ हाथ में दस्ताना पहनकर भी उसे छूना पसंद नहीं करता। कार के अंदर का नज़ारा ऐसा था जैसे नाली अटकने से कूड़े का ढेर लग गया हो... और वह वक्ता महोदय जिस विषय पर भाषण देने पधारे थे, वह था 'जीवन की गुणवत्ता'। एक बार मैंने देखा कि एक आध्यात्मिक सत्संग से बाहर निकलते चेले अपनी आँखों का मैल साफ़ कर रहे थे... इससे साबित हो रहा था कि ये लोग जो अपने तन को स्वच्छ रखने तक में लापरवाह हैं, वे अपने मन को, अपनी आत्मा को स्वच्छ करने चले हैं... कितना अज्ञान है! वे नहाते तक नहीं हैं, लेकिन चाहते हैं कि उनके जीवन पर गुरु की कृपा बरसती रहे। मैंने ऐसे सेल्समैन देखे हैं, जिनके जूतों पर पॉलिश नहीं थी, टाई फूहड़ ढंग से बँधी थी, लेकिन अपने उत्पाद व सेवाओं को 'विश्व स्तरीय गुणवत्ता' वाला बताने में वे पूरे ज़ोर-शोर से लगे हुए थे।

हमें यह अच्छी तरह समझ लेना चाहिए कि गुणवत्ता पहले भीतर उदित होती है और फिर बाहर प्रकट होती है। जो गुणवत्ता हम प्रस्तुत कर रहे हैं, वह इस पर निर्भर करती है कि हमारे भीतर कैसी गुणवत्ता है, जो गुणवत्ता हमारे भीतर है, वह इस पर निर्भर करती है कि हम क्या करते हैं, और हम क्या करते हैं यह इस पर निर्भर करता है कि हम क्या हैं।

गुणवत्ता के प्रति सजगता का अर्थ है - कोई दूसरा हमसे जितनी अपेक्षा करे, हम ख़ुद से उससे ज़्यादा अपेक्षा करें। गुणवत्ता के प्रति सजगता

का अर्थ है - संसार हमारे लिए जितना उच्च स्तर निर्धारित करे, हम अपने लिए उससे उच्चतर स्तर निर्धारित कर लें। गुणवत्ता के प्रति सजगता का अर्थ है - यह विश्वास करना कि हर चीज़ और हर अवस्था को उन्नत और बेहतर किया जा सकता है, और किया जाना चाहिए।

गुणवत्ता के उदाहरणों में कुछ हैं कि आपके मोज़ों में छेद न हों... घर के दरवाज़े आवाज़ न करते हों... घर की सभी घड़ियाँ एक ही समय बता रही हों... क़ालीन, परदे और सोफे कहीं से कटे-फटे न हों... पंखों पर धूल न जमी हो, छत-दीवारों पर मकड़ी के जाले न लटके हों, कोई नल टपक न रहा हो... फ़ोन की घंटी बजने पर उसे जल्द से जल्द यानी पाँच घंटियों तक उठा लिया जाता हो... दीवारों-दरवाज़ों में पुरानी पुताई या रंग-रोगन के निशान न हों... गुसलख़ाना इतना साफ़ हो कि उसके फ़र्श पर लेटने को जी चाहे... दरवाज़ों की कुंडी-चटखनी ठीक से लगती हों...

गुणवत्ता यानी एक ऐसी चीज़ जिसका होना तो नज़र से चूक सकता है, लेकिन जिसका न होना नज़र से कभी नहीं चूक सकता। गुणवत्ता उन क्षेत्रों में छोटी-बड़ी हर चीज़ का उत्कृष्ट होना है, जिस पर दूसरे शायद ध्यान भी न दें... सुगंध हो या न हो, फूल तो फूल ही रहेगा, लेकिन उसमें सुगंध होने से बहुत फ़र्क़ पड़ता है। गुणवत्ता ही वह अदृश्य शक्ति है... जिसका होना ही सारा फ़र्क़ पैदा कर देता है।

हर किसी के पास अपनी बात के लिए दलील होती है और वह ख़ुद को ही सही मानता है।

मेरी वह मित्र यह मान बैठी थी कि ग़लती मेरी थी। इसके लिए उसके पास दलील भी थी, कि वह ऐसा क्यों मानती है। मैंने उसे स्पष्ट किया कि जो मैंने किया वह क्यों किया। मेरे पास इसके लिए अपनी दलील थी कि मुझे क्यों लगता है कि मैं ग़लत नहीं हूँ। उसके पास अपनी दलील थी कि उसे क्यों लगता है कि मेरा स्पष्टीकरण मेरी बात को सही साबित नहीं कर पा रहा है। इसके बाद उसने आगे दलील दी कि मैं क्यों अभी भी ग़लती कर रहा हूँ। मैंने अपनी दलील दी कि क्यों वह मेरे स्पष्टीकरण को समझ नहीं पा रही है। मैंने आगे दलील दी कि अभी भी मेरी बात सही क्यों है... वह मुझे ग़लत साबित करने पर तुली हुई थी और मैं स्वयं को सही साबित करने पर अड़ा हुआ था। हम दोनों के ही पास अपने-अपने दृष्टिकोण को सही साबित करने के लिए अपनी-अपनी काफ़ी दलीलें थीं।

वह मुझे ई-मेल भेजता है, जिसमें वह मेरी आलोचना करता है, और मैं उसके आरोपों को नकारते हुए उसे अपना जवाब भेज देता हूँ... वह अपने दृष्टिकोण को सही साबित करने वाली दलीलें भेजता है और मैं अपनी दलीलें भेजता हूँ कि मैं उससे सहमत क्यों नहीं हूँ...

मुझे दो चीज़ें स्पष्ट दिखाई देती हैं... हर व्यक्ति के पास अपनी हर बात के लिए कोई न कोई दलील होती है, और इससे भी बड़ी बात यह है कि वह अपने निष्कर्ष पर अटल रहना चाहता है।

नाथूराम गोडसे के पास महात्मा गाँधी की हत्या करने की अपनी दलील थी। ओसामा बिन लादेन के पास अपनी दलील है कि उसने वर्ल्ड ट्रेड सेंटर पर आतंकवादी हमला क्यों कराया। फ़िल्मी अभिनेताओं के पास अपनी दलील है कि उनके विचार से स्क्रीन पर सिगरेट पीना ग़लत क्यों नहीं है। मेरी पत्नी के पास अपनी दलील है कि वह *सांबर* में नमक डालना क्यों भूल गई और मेरे पास अपनी दलील है कि मेरा पारा चढ़ जाना सही क्यों है।

हर किसी के पास अपनी बात के लिए दलील होती है और वह ख़ुद को ही सही मानता है। सच कहूँ तो यह समझ आ जाने पर कि अपनी हर बात के लिए अपनी दलीलें देते-देते, और अपने निष्कर्ष पर अड़े रहते-रहते ही मैंने अपना सारा जीवन बिता दिया, मन ही मन बड़ी ग्लानि अनुभव होती है।

मैंने तय कर लिया है कि जीवन के महत्वहीन मुद्दों पर दूसरे व्यक्ति को मैं उसके निष्कर्ष पर रहने दूँगा। इस प्रकार मैं अपनी मेहनत, समय और ऊर्जा काफ़ी हद तक बचा लूँगा और दबाव में आने से भी बचा रहूँगा। दलीलें देने की अपनी सहज वृत्ति को संक्षिप्त कर देने और दूसरे को उसके 'निष्कर्ष' पर बने रहने देने से, आप ख़ुद को बहुत खुला-खुला और स्वतंत्र महसूस करेंगे, लेकिन ऐसा केवल महत्वहीन मुद्दों पर ही करना चाहिए, और बढ़िया बात यह है कि हमारे सारे मुद्दों में से ९० प्रतिशत से भी अधिक मुद्दे महत्वहीन ही होते हैं।

क्या इस बारे में आपकी राय कुछ और है? कोई बात नहीं, आप अपनी राय पर बने रह सकते हैं। मुझे इससे कोई आपत्ति नहीं है। आप अपने निष्कर्ष पर अटल रह सकते हैं।

'10 मिनट पहले' यानी मैं 10 वर्ष ज़्यादा जी सकूँगा।

फ़्लाइट पकड़ने के दो तरीक़े हैं। यदि आप अक्सर हवाई यात्रा करते हैं तो संभव है कि आप इस पहले वाले सामान्य वर्ग में आते हों - सुस्त ट्रैफ़िक पर तनावग्रस्त होते रहना, ड्राइवर को गाड़ी और तेज़ चलाने के लिए टोकते रहना, लाल बत्ती को पार कर लेने की सोचना, बार-बार घड़ी देखना, और फिर दौड़ते हुए हवाई अड्डे में प्रवेश करना। सामान की जाँच वाली कतार हो या चेक-इन में सुरक्षा जाँच वाली कतार - हर जगह कतार में आगे घुसने की कोशिश करना और हर एक को जताना कि आपको अपनी फ़्लाइट पकड़ने में देर हो रही है... तेज़ क़दमों से चलना - और कभी-कभी तो दौड़ते हुए भी... चेहरा तनावग्रस्त होते हुए भी हर कर्मचारी और अधिकारी की ओर इस आशय से मुस्कुराते हुए देखना कि वह आपको आगे निकलने दे... और इस तरह अपनी छूटती फ़्लाइट को अंतिम पलों में पकड़ ही लेना।

दूसरा तरीक़ा है हवाई अड्डे के लिए 10 मिनट पहले निकलना।

हर घर में शुरू होने वाली सुबह के दो तरीक़े हैं। पहला है तीसरे विश्व युद्ध का नाट्य रूपांतरण - हर कोई इधर-उधर भाग रहा है... हर कोई किसी दूसरे को कोई काम सौंपे दे रहा है... फ़ोन की घंटी घनघना रही है और हर कोई इस उम्मीद में है कि कोई दूसरा उसे उठा लेगा। कोई बाहर दरवाज़े पर आया है, लेकिन हर कोई ऐसे जता रहा है जैसे दरवाज़े की घंटी उसे सुनाई ही नहीं दी। स्कूल-बस नुक्कड़ तक आ पहुँची है लेकिन... अरे, टिफ़िन कहाँ है... लो ये रहा, पानी की बोतल तो ले लो, स्कूल बैग

ठीक से बंद नहीं हुआ है, अरे बस में बैठो और जूतों के फ़ीते वहीं बाँध लेना... लग रहा है जैसे कोई रॉकेट लॉन्च होने वाला हो... 10... 9... 8... ओह...

दूसरा तरीक़ा है 10 मिनट पहले उठ जाना।

आपाधापी की आदत सबसे ख़तरनाक होती है। यह ऐसे-ऐसे निर्णय लेने के लिए बाध्य कर देती है, जो हम सामान्य स्थिति में लेना शायद ही पसंद करें। हमें यह विश्वास दिलाकर कि ग़लती परिस्थिति की है हमारी नहीं, यह हमारे साथ बहुत छलावा करती है। आपाधापी हमारे फूहड़पन और बेतुके निर्णयों पर परदा डालने का अच्छा बहाना बनी रहती है। यह एक ऐसा माहौल बना देती है, जिसमें हम जो भी कर रहे हैं, उसे ही सही ठहराना हमारी प्रवृत्ति बन जाती है - कतार में आगे घुसने से लेकर फ़्लाइट पकड़ने के लिए पागलों की तरह दौड़ने तक।

कठिन निर्णय आमतौर पर अच्छे निर्णय होते हैं। शुरू करने के लिए '10 मिनट पहले' वाला सूत्र अटपटा लग सकता है, लेकिन आज के भागमभाग वाले पागलपन के लिए यह समझदारी भरा निर्णय है। तनाव से जुड़े जिन अधिकांश मुद्दों से आज का आदमी जूझ रहा है उसका एक बहुत अच्छा निदान है - '10 मिनट पहले'। इससे यह सुनिश्चित होगा कि आपको 'संकटकालीन' स्थिति का सामना करना नहीं पड़ेगा।

'10 मिनट पहले' का अर्थ है कि मेरे हृदय को प्रति मिनट 10 बार कम धड़कना पड़ेगा... यानी मैं 10 वर्ष ज़्यादा जी सकूँगा।

जो आप हैं और जो आप होंगे, सपने उसका अंतराल हैं।

मार्टिन लूथर किंग जूनियर का वह ऐतिहासिक भाषण था जिसमें उन्होंने कहा था, "मेरा सपना है कि एक दिन यह राष्ट्र अपने इस सिद्धांत को सही अर्थ में जिएगा : 'हम इस तथ्य को मानते हैं कि ऊपर वाले ने सभी मनुष्यों को समान बनाया है।' मेरा सपना है कि एक दिन जॉर्जिया की पहाड़ियों पर भूतपूर्व ग़ुलामों की संतानें और भूतपूर्व ग़ुलाम-मालिकों की संतानें भाईचारे की मेज़ पर एक साथ बैठी होंगी। मेरा सपना है कि मेरे चारों छोटे-छोटे बच्चे एक ऐसे राष्ट्र में रह रहे होंगे, जहाँ उन्हें उनकी बाहरी त्वचा के रंग से नहीं बल्कि उनके भीतरी चरित्र से जाना जाएगा। आज मेरा यह सपना है! इसी विश्वास के साथ हम साथ-साथ काम करने का, साथ-साथ प्रार्थना करने का, साथ-साथ संघर्ष करने का, साथ-साथ जेल जाने का, स्वतंत्रता के लिए साथ-साथ खड़े होने का प्रयास करेंगे, इसी विश्वास के साथ कि हम एक दिन कामयाब होंगे। और अमेरिका को यदि एक महान राष्ट्र बनना है तो इस सपने को सच होना होगा।" इसके चार दशक बाद अमेरिका ने अपने प्रथम अफ़्रीकी-अमेरिकी राष्ट्रपति के रूप में बराक ओबामा को चुनकर इतिहास रच दिया।

यहाँ जो बात महत्वपूर्ण है, वह यह है कि सामाजिक चेतना में यह स्वप्न तब नहीं बोया गया था, जब इसके लिए समय बहुत अच्छा था, बल्कि यह उस समय बोया गया था जब समय बहुत बुरा चल रहा था, जबकि अश्वेत लोगों को मतदान का अधिकार भी प्राप्त नहीं था।

धीरुभाई अंबानी ने भारत के डिजिटल होने का सपना देखा था, जहाँ आम आदमी सूचना और संचार के ऐसे सस्ते साधनों को हासिल कर

सके, जिससे वह अपनी अशिक्षा और जड़ता की समस्या सुलझा सके। भारत में यह सपना साकार हो चुका है। यहाँ जो बात महत्वपूर्ण है वह यह है कि रिलायंस के प्रबुद्ध वर्ग के मन में सपने का यह पौधा सन् 1999 में रोपा गया था जब भारत में आधारभूत संचार माध्यम एक निराशापूर्ण अवस्था में थे। इसी तरह जब हर उत्पाद, सेवा और मद दिनों-दिन महँगे होते जा रहे थे, तब रतन टाटा ने एक लाख रुपए की कार का सपना देखा था और नैनो को सामने लाकर उन्होंने इस सपने को साकार भी कर दिया।

महात्मा गाँधी ने स्वतंत्र भारत का सपना तब देखा था जब भारत ग़ुलामी की बेड़ियों में जकड़ा हुआ था और तीन शताब्दियों से विदेशी शासकों के चंगुल में फँसा हुआ था। भारत जब विश्व स्तरीय वायुयान बनाने की स्थिति में भी नहीं था, तब 'भारत के मिसाइल पुरुष' के नाम से विख्यात डॉ. एपीजे अब्दुल कलाम ने सपना देखा- "अपने 3000 वर्षों के इतिहास में भारत पर गत 600 वर्षों से विदेशियों का शासन रहा है। आपको विकास चाहिए तो देश में शांति होनी चाहिए, और शांति को केवल शक्ति द्वारा ही सुनिश्चित किया जा सकता है।" देश को सशक्त बनाने के लिए मिसाइलों का निर्माण किया गया। भारत ने 'अंतरिक्ष' और 'चंद्रमा' दोनों पर अपनी उपस्थिति दर्ज की है।

हमें सपने देखने चाहिए, यह तो हम सभी जानते हैं। यहाँ जो बात महत्वपूर्ण है, वह यह है कि इन सभी महान स्वप्नद्रष्टाओं ने इन सपनों को सर्वोत्तम काल और परिस्थितियों में नहीं बल्कि बड़े कठिन समय में - सच कहें तो सबसे कठिन समय में देखा, उस काल में भी जबकि सामूहिक सामाजिक चेतना आशावादी नहीं थी। उन्होंने सपना देखा और उनके सपने के बल पर ही तमाम संगठन, राष्ट्र और मानवता - सभी उठ खड़े हुए।

आप कठिन दिनों का सामना कर सकते हैं। आप कठिन दिनों से दो-दो हाथ भी कर सकते हैं। लेकिन सपने ज़रूर देखें। जो आप हैं और जो आप होंगे, सपने उसका अंतराल हैं। "क्या मैं कर पाऊँगा" या "क्या

मैं बन पाऊँगा" कभी कोई प्रश्न नहीं रहा है। महान स्वप्नद्रष्टाओं के महान सपने हमेशा पूरे होंगे। मानव मन जो कल्पना कर सकता है, वह जो विश्वास कर सकता है, उसे प्राप्त भी कर सकता है। आपको कुछ करने की शक्ति दिए बिना, ईश्वर आपको उसे करने का विचार भी नहीं देता। एक स्वप्नद्रष्टा के लिए प्रश्न केवल इतना रहता है - "मैं इसे कब तक कर लूँगा?"

जो काम पानी कर सकता है
वह पेट्रोल नहीं कर सकता।
जो काम तांबा कर सकता है
वह सोना नहीं कर सकता।

चींटी का हल्कापन उसे चलायमान रखता है।
वृक्ष का भारीपन उसे जड़ों से जोड़े रखता है।

हर चीज़ और हर व्यक्ति
किसी प्रयोजन को पूरा करने के अनुसार
विशेष रूप से रचे गए हैं।

भले ही मुझमें कुछ कमियाँ क्यों न हों,
मैं अपने ख़ुद के बजाय कुछ और
कैसे हो सकता हूँ?
भले ही किसी और की सशक्तता
मुझे लुभाती क्यों न हो,
मैं कुछ और बनने के लिए जूझता क्यों रहूँ?

मैं यहाँ अपने ही स्वरूप में रहने के लिए हूँ।

• • •

लगातार सुधार करना ही इकलौता रास्ता है।

स्कूल में मैं लेख व निबंध अच्छी तरह नहीं लिख पाता था। फिर भी एक वक्ता के रूप में, मैंने जटिल ज्ञान को सरल ढंग से प्रस्तुत करने की दुर्लभ योग्यता विकसित कर ली। जीवन की बिलकुल पहेली जैसी सच्चाइयों को भी मैं स्पष्ट समझ सकता हूँ और उन्हें इतनी सरल भाषा में समझा सकता हूँ कि जिसे हर कोई ग्रहण कर सके। वास्तव में, जीवन को और जीने को मैं बहुत महत्व देता हूँ। इसलिए मैंने लेखन में एक धमाका करने का सोचा। लेकिन मेरे लेख प्रकाशित कौन करता? इसलिए मैंने एक पत्रिका निकालने का निर्णय लिया। और इस तरह 'फ्रोज़न थॉट्स' अस्तित्व में आई।

'फ्रोज़न थॉट्स' के लिए मैंने सबसे पहले वर्ष 2000 में लिखा। मैं ख़ुद यह स्वीकार करता हूँ कि अपने लिखे लेख मुझे ही अच्छे नहीं लग रहे थे। मैं जल्द ही समझ गया कि मेरा व्याकरण ज्ञान भी अच्छा नहीं है। एक पाठक तो 'फ्रोज़न थॉट्स' का पहला अंक मुझ पर फेंकते हुए ज़ोर से यह कहकर चला गया, "वाक्य रचना उलझी-उलझी और खीझ पैदा करने वाली है, भाषा बकवास है, व्याकरण भयंकर है, चुटकुले घटिया हैं, रंग-विन्यास फूहड़ है और सैकड़ों शब्दों की वर्तनी ग़लत है... यह पत्रिका मेरी जूती की नोक पर...।" ठेस लगना प्रेरित होने का एक अच्छा स्रोत भी हो सकता है, और मेरे साथ यही हुआ। आप यदि एक चाकू मेरी तरफ़ फेंकेंगे तो मैं उसे हत्थे की तरफ़ से ही लपकूँगा न, धार की तरफ़ से तो नहीं। मेरे शस्त्रागार में एक चाकू और बढ़ गया था। आपके सामने खड़ी परिस्थिति की अपेक्षा आपके संसाधन बड़े हों

तो वह परिस्थिति एक सुअवसर बन जाती है। मैंने भी उसमें एक सुअवसर देखा। आपके पास से गुज़रते सुअवसर और उन्हें लपक लेने की आपकी सजगता, ये जहाँ मिल जाते हैं उसे भाग्य कह दिया जाता है। अपने भाग्य को मैंने ख़ुद लिखने का निर्णय लिया। इसलिए इन मुद्दों पर विजय पाने के लिए मैंने एक टीम गठित की। यदि आप जानते हैं कि अपने साथ प्रबुद्ध लोगों को कैसे जुटाया जाए तो फिर आपको ख़ुद को उतना प्रबुद्ध करने की ज़रूरत नहीं रह जाती है। आपको तो बस मुद्दा पता होना चाहिए ताकि वे लोग उस मुद्दे को लेकर आगे चल पड़ें। मैंने एक अच्छी टीम तैयार कर ली थी। इस तरह मैंने अपने लेखन पर कार्य करना आरंभ कर दिया, और सीखने की शुरुआत व्याकरण के मूल सिद्धांतों से की, रूपांकन और प्रौद्योगिकी के बारे में सब कुछ सीखने के लिए कमर कस ली - हर वह काम किया जिसकी इस ज़िम्मेदारी के पैमाने पर खरा उतरने के लिए मुझे ज़रूरत थी।

मैं यह नहीं कह रहा हूँ कि एक पत्रिका का संपादन, प्रकाशन और वितरण कोई बहुत टेढ़ी खीर था, लेकिन मेरे लिए यह टेढ़ी खीर इसलिए था, क्योंकि इस ज़िम्मेदारी के लिए ज़रूरी योग्यताएँ मुझमें नहीं थीं। कोई स्थिति चुनौती तब मानी जाती है, जब सामने मौजूद स्थिति आपके पास उपलब्ध संसाधनों से बड़ी होती है। मेरी स्थिति यही थी कि मेरे सामने चुनौती खड़ी हुई थी। जिस कुर्सी पर मैं बैठ गया था, मैं उसके योग्य नहीं था। इसलिए मुझे ख़ुद को लगातार सुधार करने के लिए प्रतिबद्ध करना पड़ा। जिन-जिन चीज़ों में मुझे सुधार करना था, मैंने किया।

कोई भी ज़िम्मेदारी निष्क्रिय नहीं होती... ज़िम्मेदारी तो क्रियाशील रहती है। इसलिए आपके व्यक्तिगत विकास को इसके साथ तालमेल बिठाते हुए आगे बढ़ना होता है। संपादक बन जाने से मेरे सिर पर कोई ताज नहीं रख दिया गया था, बल्कि मैंने एक ज़िम्मेदारी निभाने का बीड़ा उठाया था। आज 'फ्रोज़न थॉट्स' विश्व के 65 देशों में पढ़ी जाती है और भारत में इसके 450 से ज़्यादा केंद्र हैं। यह जानकर आज मन को बड़ा सुख

मिलता है कि 'फ्रोज़न थॉट्स' की हर प्रति पाठकों द्वारा संग्रहीत की जाती है। और यह भी ख़ुशी की बात है कि आपके हाथ में जो यह पुस्तक है, इसका जन्म भी 'फ्रोज़न थॉट्स' के गर्भ से ही हुआ है।

आज के युग की चुनौती यह है कि कोई व्यक्ति जिस भूमिका को ग्रहण करता है, वह भूमिका उस व्यक्ति के बढ़ने की तुलना में ज़्यादा तेज़ी से बढ़ जाती है। क्षमता और प्रभावकारिता तब आते हैं जब व्यक्ति अपनी विस्तृत होती भूमिका के साथ-साथ अपनी क्षमताओं और ज्ञान को भी बढ़ाता जाता है। लगातार सुधार करना ही इकलौता रास्ता है।

कोई भी हमेशा सफल नहीं होता,
न कोई आजीवन असफल ही रहता है।

सफलता विलंबित असफलता है
और असफलता विलंबित सफलता है।
न असफलता अंतिम होती है
और न ही सफलता स्थाई होती है।

आज की सफलता और आज की विफलता
जीवन की लंबी यात्रा में एक के बाद एक
उठाया जाने वाला क़दम है। जीवन एक खेल है
और यदि आप यह खेल खेलते रहे
तो जीत आपकी ही होगी।

रास्ते को बीच में छोड़कर न जाएँ,
अंत तक चलें, चलते रहें
आख़िरकार आप 'समापन रेखा' को
ज़रूर पार कर जाएँगे।

• • •

पिछली बार कब मैंने किसी काम को पहली बार किया था?

अधिकांश लोगों के लिए जीवन कोल्हू के बैल की तरह एक ही चक्र में घूमते रहने जैसा होता है। सुबह उठना, बिस्तर छोड़ने से पहले कुछ देर आलस के साथ कशमकश करना, उसी तरह ब्रश करना, वही कॉफ़ी पीना, वही अख़बार पढ़ना, उसी निश्चित समय पर नहाना-धोना, फिर हड़बड़ी में जल्दी-जल्दी नाश्ता निगलना और काम के लिए दौड़ पड़ना, वही काम, वही ऑफ़िस, वही गपशप, वही लंच, वही बातचीत, घर वापसी का वही रास्ता, कभी न ख़त्म होने वाले वे ही टीवी सीरियल, वही बहसबाज़ी, वही डिनर ठूँसना, वही बिस्तर, फिर निढाल होकर सो जाना और अगले दिन वही उठना और फिर वही क्रम!

जीवन को कोल्हू के चक्कर की तरह बना लेना कोई ज़रूरी तो नहीं है। जीवन का उबाऊ होना भी ज़रूरी नहीं है। जीवन साल भर के ऋतु-चक्र को पूरा करके उसकी पुनरावृत्ति करते रहने जैसा भी नहीं है। जीवन थोपा हुआ होना भी ज़रूरी नहीं है। जीवन कोई आजीवन कारावास भी नहीं है। जीवन, मात्र जीवित रहने से कुछ ज़्यादा भी है।

हर वर्ष कोई नई निपुणता प्राप्त करें और देखें कि जीवन कितना जीवंत है। जीवन में ऐसा कोई समय, ऐसी कोई अवस्था न आने दें जिन दिनों आप एक सक्रिय छात्र की तरह कुछ न कुछ सीख न रहे हों। गायन, वादन, नृत्य, वैकल्पिक चिकित्सा, स्वास्थ्य संबंधी कोई नया विधि-विधान, योगासन, कोई नई भाषा, उन्नत व्याकरण, लेख या कथा लेखन, भाषण कला, खाना पकाना, पेंटिंग, सुलेख, कला का कोई भी नया रूप, ड्राइविंग, तैराकी, कोई नया खेल, कोई नई तकनीकी शिक्षा, आध्यात्मिक अध्ययन,

बाग़वानी, कोई पशु–पक्षी पालना, एक्वेरियम में मछली पालना, फ़ोटोग्राफ़ी, कोई सांस्कृतिक गतिविधि... सीखने के लिए ऐसी असंख्य चीज़ों की सूची वास्तव में बहुत लंबी है। इनमें से कुछ भी चुनें और सक्रिय बने रहें।

जीवन में सदैव खोजी बने रहें। प्रयोग–परीक्षण करते रहें। कोशिश करते रहें। अपनी उत्सुकता, जिज्ञासा और कौतुहल को बनाए रखें। कोई ऐसा काम करने की कोशिश करें, जो आपने पहले न किया हो। नए–नए व्यंजन बनाने में हाथ आज़माएँ। उन वस्त्रों को पहनें, जिन्हें पहनने में आप सकुचाते रहे हैं। कोई नई हेयर स्टाइल आज़माएँ। ऐसे स्थानों पर जाएँ जहाँ आप अभी तक न गए हों। यदि आप पुरुष हैं तो एक दिन रसोई सँभालें। किसी रविवार को एक छोटा सा पति–सम्मेलन करें और पत्नियों को अतिथि–रूप में भोजन परोसें। किसी दिन आँख पर पट्‌टी बाँधकर रहें, किसी दिन अपने वाहन के बजाय सार्वजनिक वाहनों का प्रयोग करें, कार्य–स्थल पर किसी दिन भूमिकाएँ बदलकर देखें – कैसा रहे कि प्रबंध निदेशक एक दिन रिसेप्शन पर बैठे? इस सूची का भी कोई छोर नहीं है। जीवन के साथ सृजनात्मक रहें। बस ऐसे ही कुछ न कुछ करते रहें।

आपकी सारी सफलताओं, सारी उपलब्धियों और हासिल किए गए तमाम मुक़ामों से भी ज़्यादा है, जीवंत जीवन जीने के लिए अपने आपसे अक्सर यह प्रश्न पूछते रहना : पिछली बार कब मैंने किसी काम को पहली बार किया था?

जीवन को जश्न बना लें। अपने जीवन में हर दिन अपनी उपस्थिति दर्ज कराएँ। जीवन को बड़ा बनाएँ। जीवंत रहने के लिए जोश में रहें।

• • •

सीमित उपयोग जीवन को लंबा करेगा। असीमित उपयोग इसे घटा देगा।

यह एक सामान्य बात है कि कुछ संस्थान बहुत तेज़ी से उभरते हैं और इसके बाद उससे भी ज़्यादा तेज़ी से ताश के पत्तों के महल की तरह भरभराकर गिर भी जाते हैं। उन लोगों से पूछें जिन्होंने शेयर बाज़ार में ऐसी ही कंपनियों में निवेश करके अपने हाथ जला लिए हैं और उन अन्य अनेक लोगों से भी, जो ऐसी ही वित्तीय कंपनियों में धन लगाकर अपना सब कुछ गँवा चुके हैं... डबडबाती आँखों से वे अपनी व्यथा सुनाएँगे।

हाँ, ऐसे संस्थान भी देखे जा सकते हैं जो अपना आधार सुदृढ़ करने में, व्यापारिक आदर्श स्थापित करने में, अपनी आधारभूत चीज़ों को सही व दुरुस्त करने में, और अपनी पद्धतियों, प्रणालियों तथा आधारभूत ढाँचे को यथा स्थान व सही-सही बैठाने में अपना समय लेते हैं। ये संस्थान हालाँकि अपनी शुरुआती अवस्था में सुस्त रहते हैं, लेकिन आने वाले वर्षों में वे बढ़त पकड़ लेते हैं। तकनीकी रूप से सुदृढ़ इन कंपनियों में जिन लोगों ने निवेश करके अपनी पूँजी ख़ूब बढ़ाई है, उन लोगों से बात करें तो वे आपको सफलताओं की गाथा सुनाएँगे।

एक कहावत प्रसिद्ध है कि 'रोम एक दिन में नहीं बन गया था'। यदि वह एक दिन में बन गया होता तो अगले ही दिन धराशायी भी हो गया होता।

संबंधों के मामले में भी, मैंने देखा है कि जिन संबंधों में लोग बहुत ही कम समय में एक-दूजे के हो जाते हैं, वे संबंध किसी एक ग़लतफ़हमी, किसी एक घटना या किसी एक तर्क-वितर्क के बाद ही छिन्न-भिन्न हो

जाते हैं। लेकिन, जो संबंध पर्याप्त समय के साथ-साथ सुदृढ़ता, आश्वस्तता, विश्वस्तता, स्पष्टता और घनिष्ठता के साथ बनाते हैं, केवल वे ही समय की कसौटी पर खरे उतरने के योग्य स्थायित्व और गहराई वाले बन पाते हैं।

किसमें ज़्यादा स्थायित्व होता है - अपनी नोक पर खड़े त्रिशंकु में या अपने आधार पर खड़े त्रिशंकु में ? आधार को अच्छी तरह जमाने में समय लगता है। बाद में सामने आने वाले गड़बड़झाले को ठीक-ठाक करने की मारामारी में समय गँवाने के बजाय, शुरुआत में ही आधार को अच्छी तरह जमाने में अपना भरपूर समय और मेहनत लगा दें।

अगर आप कहते हैं, "मैं तो भोजन का शौक़ीन व्यक्ति हूँ", तो निश्चित रूप से और इसी कारण से आप कम खाएँ। तब आप भोजन का स्वाद लेने के लिए ज़्यादा जी सकेंगे। अगर आपका कहना है, "मैं तो आरामतलब इंसान हूँ", तो इसी कारण से आप थोड़ा कम सोएँ। तब आप सोने के लिए अधिक जी सकेंगे। आप कहते हैं, "मैं उसे बहुत प्रेम करता हूँ", तो निश्चित रूप से और इसी कारण से उसे मुक्त होने दें। "मैं शिखर पर पहुँचना चाहता हूँ", तो निश्चित रूप से और इसी कारण से आप नीचे तलाधार पर रहते हुए इसके लिए तैयारी को पर्याप्त समय दें। तब वह तलाधार ही आपको शिखर तक पहुँचा देने वाला आधार बन जाएगा।

सीमित उपयोग जीवन को लंबा करेगा। असीमित उपयोग इसे घटा देगा।

उत्कृष्टता हो तो उसके बारे में बताने की ज़रूरत नहीं होती।

उत्कृष्टता अपना बखान ख़ुद करती है। उत्कृष्टता हो तो उसके बारे में बताने की ज़रूरत नहीं होती। जहाँ बखान करने की ज़रूरत पड़े, वहाँ उत्कृष्टता आपको शायद ही मिले।

जो 'ठीक' है वह ठीक ही है, और जो ठीक नहीं है वह ठीक ही नहीं है। फिर भी हममें विवरण देने की, स्पष्टीकरण देने की, सही ठहराने की, दलील देने की और औचित्य सिद्ध करने की प्रवृत्ति होती है। ज़रा ध्यान दें, यदि एक बार आप अपने मन को कुछ ऐसा करने की प्रवृत्ति में ढाल लेते हैं जो ठीक नहीं है, तो आप आत्म-विनाश वाला बटन दबा रहे हैं। जो मन उत्कृष्टता के अभाव को सही सिद्ध करना सीख लेता है, वह समझौते पर उतर आना भी सीख जाता है - वह समझौतों के साथ जीना सीख जाता है।

यदि आपको 100 में से 88 अंक मिले हैं तो यह एक तथ्य है कि 12 अंकों की कमी रही है। आप कितना भी स्पष्टीकरण दें, कितने भी तर्क दे लें, आपके 12 अंक कम ही रहेंगे। मौखिक जमा-ख़र्च उन 12 अंकों की कमी कभी पूरी नहीं कर सकता। आप 88 को 100 के रूप में साबित करने की कोशिश कर रहे होते हैं, हालाँकि आप ख़ुद जानते हैं कि 88 केवल 88 ही होता है।

कहावत है कि, 'यदि कोई झूठ हज़ार बार बोला जाए तो वह सच बन जाता है।' हो सकता है कि दूसरों के लिए वह सच प्रतीत होने लगे, लेकिन आपको तो हमेशा यह सच पता ही रहेगा कि वह झूठ है। आप

कब तक बिल्ली को शेर बताते रहेंगे? न तो आप इस तथ्य से मुँह मोड़ सकते हैं और न ये तथ्य आपसे मुँह मोड़ सकता है। दलीलें या स्पष्टीकरण किसी कमी की भरपाई कभी नहीं कर सकते।

यदि आपका लक्ष्य 40 लाख था, लेकिन आप 36 लाख तक ही पहुँच पाए हैं, तो आप लक्ष्य से नीचे ही रहे हैं। यदि मुलाक़ात का निर्धारित समय 11:00 बजे था और आप 11:15 पर पहुँचते हैं तो इसका अर्थ है आप देर से आए हैं। हर संभव तरीक़े से हर बात के भरपूर विवरण, दलील और स्पष्टीकरण के बावजूद, यह तथ्य अटल और अडिग रहता है कि आपने लक्ष्य पूरा नहीं किया है, और यह कि आपने समय की पाबंदी का सम्मान नहीं किया है।

उत्कृष्टता के अभाव के लिए ख़ुद को सांत्वना और तसल्ली दे देना, अपने जीवन में आपको बहुत नुक़सान पहुँचाएगा। इससे आप लक्ष्य को पाने में हर बार पिछड़ जाएँगे। और वह क्षमता पा लेने में भी आप पिछड़ जाएँगे जो आप पा सकते हैं। उठो, जागो! जो ठीक नहीं है वह ठीक ही नहीं है। 6:01 बजे का समय, 6:00 नहीं हो सकता; सोमवार केवल सोमवार को ही होता है।

'दोष रहित' होना संभव है। उत्कृष्टता बनाए रखना संभव है। और इसका शुभारंभ ऐसा स्वभाव बना लेने से होता है, जिसमें आप सर्वोत्तम से कम किसी भी चीज़ से समझौता करने से साफ़ इंकार कर देते हैं। जीवन के साथ यह विचित्र बात है कि यदि सर्वोत्तम से कम किसी भी चीज़ से आप समझौता करने से इंकार कर देते हैं तो फिर आप उस सर्वोत्तम को हासिल कर ही लेते हैं।

उत्कृष्टता के अभाव से आपको पीड़ा पहुँचनी चाहिए। जब आपको पीड़ा पहुँचेगी तो आप निर्देश देंगे। जब आप निर्देश देंगे तो आप सृजन करेंगे। सृजित हो जाएँ। उत्कृष्टता का सृजन करें। आपका काम ही आपके बारे में बताए, आपको उसके बारे में बताने की ज़रूरत न हो।

सूचना विश्वास का आधार बन गई है, और इसीलिए संबंधों का भी।

एक अधेड़ सज्जन शिकायत कर रहे थे, "मैंने अपने माता-पिता से कभी कोई सवाल नहीं किया। उन्होंने मुझसे जो भी करने के लिए कहा मैंने वही किया। मैं अपने माता-पिता का बहुत आदर करता था। लेकिन मेरा बेटा ऐसा नहीं है। जब भी मैं उसे कुछ करने के लिए कहता हूँ तो मुझे उसके 'क्यों, क्या, कैसे और क्यों नहीं' के जवाब देने पड़ते हैं। आजकल के बच्चे बड़ों का बिल्कुल सम्मान नहीं करते।"

यह सच नहीं है। बात केवल इतनी है कि संबंधों का स्वरूप बदल गया है। बीते वर्षों में संबंधों का आधार भावना हुआ करता था, आज संबंधों का आधार सूचना है।

कुछ वर्ष पहले, यदि कोई बॉस अपनी टीम के किसी सदस्य से कोई कार्य करने के लिए कहता था तो उस सदस्य का त्वरित उत्तर हुआ करता था, "समझिए हो गया।" आज टीम का सदस्य उस काम को करने से पहले पूछता है, "यह क्यों किया जाना चाहिए, किसलिए किया जाना चाहिए", वगैरह... लेकिन इसका अर्थ यह नहीं है कि आज टीम का सदस्य बॉस का आदर नहीं करता, बल्कि बात बस इतनी सी है कि वह पूरी जानकारी हासिल कर लेना चाहता है। इस अर्थ में, संबंधों में बिना सवाल किए 'हुकुम बजाने' वाली बात अब नहीं रह गई है। हालाँकि, मेरा विश्वास है कि संबंधों की गुणवत्ता में किसी तरह की कमी नहीं आई है। आज की बुद्धि तो बस यह पूछती है - या तो अपना यह निर्णय लेने के बारे में मुझे पूरी जानकारी दो, या मुझे वह सारी सूचना दो जिसके आधार पर यह निर्णय लिया गया है कि मुझे यह कार्य करना चाहिए।

हो सकता है कि अपने पिता के इशारे भर से आप उन्हें पानी लाकर दे दें। लेकिन हो सकता है कि वही काम करने से पहले आपका बेटा दो-चार प्रश्न करे - जो बात महत्वपूर्ण है, वह यह कि वह भी आपके लिए पानी ले आएगा बशर्ते उसे इस बारे में पूरी बात बता दें। इस अर्थ में, बालक और माता-पिता के बीच के संबंधों में कोई कमी नहीं आई है, केवल संबंधों का स्वरूप थोड़ा बदल गया है। पिताजी जब फ़ोन पर माँ को बताते थे कि लंच पर आज उनके साथ तीन लोग और आएँगे, तो माँ केवल 'ठीक है' कह दिया करती थीं। अब यदि यही बात अपनी पत्नी को बतानी पड़े तो वह पूछेगी, "कौन-कौन आएगा, कब आ रहे हैं, उनकी पसंद क्या है, कब तक रुकेंगे"... लेकिन फिर भी वह उनके लिए खाना ज़रूर बनाएगी। इस अर्थ में, वैवाहिक संबंधों में निष्ठा में कमी नहीं आई है। बात इतनी सी है कि संबंधों का स्वरूप थोड़ा बदल गया है। संबंधों का आधार भावना से हटकर सूचना पर आ गया है।

एक शिक्षक होने के नाते, मुझे नहीं लगता कि आध्यात्मिक क्षेत्र में भी समर्पण की गुणवत्ता में कोई परिवर्तन आया है। जो परिवर्तन आया है वह है - बिना कोई प्रश्न उठाए समर्पण कर देने का स्थान अब पर्याप्त प्रश्नोत्तर के बाद होने वाले समर्पण ने ले लिया है। तो, क्या अर्जुन और इस स्थिति में कोई अंतर है?

संबंधों की गुणवत्ता में कोई गिरावट नहीं आई है, हाँ, उसमें संप्रेषण और सूचना की माँग ज़रूर बढ़ गई है। सूचना का आदान-प्रदान और संप्रेषण अब संबंधों की जीवन रेखा बन गए हैं। विवरण अब ज़रूरी हो गए हैं और स्पष्टीकरण अनिवार्य। यह परिवर्तन न तो बेहतर है और न बदतर, यह तो बस एक नया परिदृश्य है। एक परिवर्तनशील संसार में ऐसा परिवर्तन तो प्रत्याशित ही होना चाहिए। अब केवल 'करो' कह देना पर्याप्त नहीं रह गया है। पर्याप्त विवरण व स्पष्टीकरण दें और फिर कहें 'करो', और वह कर दिया जाएगा।

विश्वास संबंधों का आधार होता है, लेकिन अब विश्वास बस यूँ ही नहीं कर लिया जाता। सूचना विश्वास का आधार बन गई है, और इसीलिए संबंधों का भी।

सभी संबंध सिर्फ़ सतह पर ही रहते हैं
भीतर गहराई में आप हमेशा अकेले ही होते हैं।

भले ही हज़ारों लोग आपके चारों ओर हों
फिर भी अपने एक अंश में आप
हमेशा अकेले होते हैं।
यहाँ तक कि जब आप अपने प्रिय का
आलिंगन कर रहे होते हैं, तब भी अपने
एक अंश में आप हमेशा अकेले होते हैं।

आप इस संसार में अकेले आते हैं
और अकेले ही जाते हैं।

मुक्ति यह जानने से आती है कि 'अस्तित्व का
अकेलापन' ही आपका सच्चा स्वरूप है।

इस अंतराल से संबंध जोड़ें तो आप
आश्रय बन जाएँगे अथवा ख़ुद
आश्रित हो जाएँगे।

संसार जिसे असफलता कहता है, मैं उसे 'नया मोड़' कहता हूँ।

17 वर्ष की आयु में मेरी महत्वाकांक्षा इंजीनियर बनने की थी, लेकिन 12वीं में प्राप्त अपने अंकों के कारण मैं केवल गणित में स्नातक ही हो सकता था। चूँकि केवल स्नातक होने में कोई उज्ज्वल भविष्य सुनिश्चित नहीं था, इसलिए मुझे कंप्यूटर प्रोग्रामिंग की पढ़ाई भी करनी पड़ी। जो मैं चाहता था और जो हुआ, वे दो अलग-अलग चीज़ें थीं। 25 वर्ष की आयु में मैंने अपनी निजी सॉफ़्टवेयर कंसल्टेंसी शुरू की और अपने साथ काम करने के लिए कई इंजीनियर और एमसीए की डिग्री वाले कर्मचारी रख लिए। 17 वर्ष की आयु में जब मैं वांछित परिणाम नहीं पा सका था, तब संसार ने मुझे असफल कहा था। लेकिन, वास्तव में वह अवांछित परिणाम ही था, जिसने मुझे एक सफल व्यक्ति के रूप में ढाल दिया।

हालाँकि मेरे सारे दीर्घकालीन लक्ष्य केवल सूचना-तकनीक से जुड़े हुए थे, लेकिन बिल्कुल अनचाहे कारणों से मैंने 30 वर्ष की आयु में 'अल्मा मेटर' स्थापित किया और 35 की आयु में 'फ्रोज़न थॉट'... मैं अपने मनचाहे लक्ष्य की दिशा में तो नहीं जा सका था, लेकिन जीवन ने मुझे एक अनचाही दिशा में धकेल दिया था, ताकि मेरे जीवन का प्रयोजन सामने आ सके।

यूगोस्लाविया की एग्नेस गॉन्जा बोयाजू तो कलकत्ता के एक कॉन्वेंट स्कूल में पढ़ाने के लिए भारत आई थी - और अनचाहे ही संसार के सामने मदर टेरेसा का करुणावतार अवतरित हो गया था। 'द नेशनल हेराल्ड' के एक संपादकीय सदस्य बालकृष्ण मेनन, जिनका हमेशा से यह विश्वास था कि हर *साधु* एक बड़ा फ़रेबी होता है, स्वामी शिवानंद के पास एक आर्टिकल लिखने के संबंध में पहुँचे और वे अनचाहे ही संसार को

स्वामी चिन्मयानंद के रूप में प्राप्त हुए। आप कुछ भी कहें, क्रिस्टोफ़र कोलंबस के लिए अमेरिका था तो एक अनचाहा परिणाम ही।

जो लोग अनचाहे परिणामों के कारण ऊँचाइयों तक पहुँचे हैं, उन्होंने संसार पर उन लोगों की तुलना में कहीं अधिक प्रभाव डाला है, जिन्होंने अपना कोई लक्ष्य निर्धारित किया और फिर उस लक्ष्य को प्राप्त किया।

इसलिए, यदि अपने जीवन में आपको वह नहीं मिल रहा है जो आप चाह रहे हैं, यदि आपके पूरे प्रयासों के बावजूद आपको वह परिणाम नहीं मिल रहा है जो आपकी महत्वाकांक्षा को पूरा करता। जो रास्ता आपने चुना है यदि वह आपको वहाँ नहीं ले जा रहा है, जहाँ आप जाना चाहते हैं, तो निराश न हों।

अनचाहे परिणाम, जीवन द्वारा आपको उन संभावनाओं को दिखाने का एक तरीक़ा हैं, जिनके बारे में आपने कभी सोचा भी नहीं होगा। अनचाहे परिणाम ईश्वर द्वारा आपको यह बताने का एक तरीक़ा हैं कि उसके पास आपके लिए कुछ और ही योजना है... एक ऐसी योजना जो आपके द्वारा चाही गई योजना से बड़ी है। कभी-कभी, आपके लिए निर्धारित की हुई अपनी उस योजना को पूरा करने के लिए ईश्वर आपकी योजनाएँ बिगाड़ देता है।

संसार जिसे असफलता कहता है, मैं उसे 'नया मोड़' कहता हूँ।

• • •

नकारात्मक बात को दो वाक्यों में बोलें, और सकारात्मक को कम से कम पाँच में।

हमारी चेतना भावनाओं की गहराई की तलाश में रहती है। उसका चयन सकारात्मक या नकारात्मक भावनाओं के बीच कभी नहीं होता बल्कि गहरी भावनाओं और उथली भावनाओं के बीच होता है। नकारात्मक भावनाएँ चूँकि हमेशा ही सकारात्मक भावनाओं की अपेक्षा अधिक ध्यान आकर्षित करती हैं, इसलिए अधिकांश लोग नकारात्मक भावनाओं की गहराई तक बिना किसी कोशिश के ही पहुँच जाते हैं। जबकि अपनी सकारात्मक भावनाओं को महसूस करने की गहराई तक वे कभी नहीं जाते, वे उनकी सतह पर ही रहते हैं। आप ख़ुद को देखें और इस पर विचार करें।

बच्चा घर में अपने खेल में मगन है। बाक़ी हम सब अपने-अपने काम में व्यस्त हैं। बच्चे का यूँ मगन होकर, प्रसन्नतापूर्वक खेलते रहना किसी का कोई विशेष ध्यान अपनी ओर नहीं खींचता। लेकिन जब बच्चा चोट खा जाता है तो सारा घर यह कहता हुआ बच्चे की ओर दौड़ पड़ता है - "क्या हुआ ?" और इस तरह हम अनजाने ही बच्चे में इस विश्वास की प्रोग्रामिंग कर देते हैं कि ख़ुशी-ख़ुशी रहने की तुलना में रोना अधिक ध्यान खींच सकता है। भविष्य में और वयस्क होने पर भी, वह जब-जब ध्यान आकर्षित करना चाहेगा, तब-तब वह किसी न किसी प्रकार का रोना-चीख़ना लेकर बैठ जाएगा - आँसुओं से अवसाद तक व चिड़चिड़ेपन के दौरे तक - कभी कम और कभी अधिक। अपनी भावनाएँ उसे बिल्कुल सही और तर्कसंगत लगती रहेंगी, जबकि दूसरों को वे बेतुकी और विसंगत ही नज़र आएँगी। ऐसा व्यवहार अवचेतन रूप से कर लिया गया एक चयन

होता है, चेतन रूप से नहीं। उसे तो यह भी पता नहीं होता कि उसके भीतर कोई चीज़ (उसका अवचेतन) न केवल उसकी भावनाओं का चयन कर रही है, बल्कि जीवन की उन स्थितियों का चयन भी कर रही है, जो उन भावनाओं के अनुकूल बैठ रही हों। एक अवचेतन ललक उसे गहरी भावनाओं की ओर बहा ले जाती है।

गहरी घृणा और उथले प्रेम के बीच आपका अवचेतन हमेशा घृणा को ही चुनेगा। यही कारण है कि ठेस, आघात व घृणा तो वर्षों तक ताज़े बने रहते हैं, लेकिन प्रेम को हर रोज़ किसी नए ढंग से अभिव्यक्त करना पड़ता है। यदि आप ऐसा नहीं करेंगे तो दूसरे को यही बात अखर जाती है। विडंबना देखिए! अपनी घृणा को जीवित रखने में तो आप समर्थ हैं, लेकिन अपने प्रेम को सँभालकर रखने के लिए आपको बाहरी संबल की ज़रूरत पड़ती है। इसका निदान है - गहरा प्रेम अनुभव करना सीख लेना। प्रेम की अपनी अभिव्यक्ति और प्रदर्शन को प्रबल करें। प्रेम में डूब जाएँ। प्रेम में मगन हो जाएँ। प्रेम का प्रतीक बन जाएँ। इससे भी महत्वपूर्ण यह है कि अपनी ठेस, अपने आघात, अपनी घृणा को क्षमा द्वारा शांत व ख़त्म करना सीखें, उन्हें गहराई न दें। तभी यह संभव होगा कि आपका अवचेतन अपने सहज स्वभाव से घृणा के बजाय प्रेम का चयन करने लगेगा - केवल इसकी गहनता के कारण ही। साथ ही यह जीवन की उन स्थितियों का भी चयन करना शुरू कर देगा जो प्रेम के लिए अनुकूल बैठेंगी।

अपनी विफलता से सीख तो लें, लेकिन विफलता को उसी के हाल पर छोड़ दें। उसे लेकर कुछ अधिक भावुक न हो जाएँ। अपने अवचेतन को गुमराह न करें। अपनी सफलता का जश्न मनाएँ। अपने रोम-रोम से पुलकित रहें। अपने अवचेतन को अच्छा-अच्छा भेंट करें। अस्वस्थता एक चलती-फिरती टिप्पणी से ज़्यादा महत्व के योग्य नहीं होती। अपने स्वास्थ्य की प्रशंसा करें, बड़ाई करें। अपने अवचेतन को अवगत होने दें कि आप किसे श्रेयस्कर समझते हैं।

समाधान सरल है। नकारात्मक बात को दो वाक्यों में बोलें, और सकारात्मक को कम से कम पाँच में। नकारात्मकता की ओर जाने वाली अपनी भावनाओं पर अंकुश लगाएँ, लेकिन सकारात्मकता की ओर जाने वाली अपनी भावनाओं को प्रवाह से वहाँ जाने दें। यही है रूपांतरण। अवचेतन के पुराने **रूप** का नए रूप में **अंतरण** कर देना।

किसी ने कहा है कि दुखी हृदय से सुंदरतम कविता फूटती है। फिर तो यह सुंदर संसार बनाकर ईश्वर बड़ा दुखी हुआ होगा। अरे, उसने मेरे ईश्वर को न तो देखा है और न ही जाना है। परमानंद की गहनता को अनुभव करना सीखें। फिर आपको कोई कविता लिखने की ज़रूरत नहीं रह जाएगी, वह तो आपके माध्यम से बस हो जाएगी। आपका जीवन ही तब कविता बन जाएगा।

हम झूठ क्यों बोलते हैं?

हम झूठ इसलिए बोलते हैं क्योंकि
यह हमें एक अप्रिय स्थिति में पहुँचने से
पलायन कर जाने में सहायक होता है।

झूठ बोलने का अभिशाप यह है कि
यह हममें 'पलायन करने की प्रवृत्ति'
पैदा कर देता है।
सत्यनिष्ठा का वरदान यह है कि
यह हमारे भीतर स्थिति का 'सामना करने की
प्रवृत्ति' पैदा कर देता है।

आप यदि शिखर पर पहुँचना चाहते हैं
तो आपको जीवन में हर चीज़ का
'सामना करने की प्रवृत्ति' की
ज़रूरत होगी।

लेकिन यह प्रवृत्ति विकसित कैसे होगी?
सत्यनिष्ठा और ईमानदारी से!

चाहे आपके पास सारे उत्तर न हों, लेकिन क्या आपके पास सही प्रश्न हैं?

जिज्ञासु ने पूछा, "अच्छे लोगों के साथ ही बुरा क्यों होता है?" गुरु ने उत्तर दिया, "जब प्रश्न ही ग़लत हो तो मुझसे उसका उत्तर पाने की उम्मीद तुम कैसे कर सकते हो? प्रश्न होना चाहिए था – 'जब अच्छे लोगों का बुरा समय आता है, तब उनका क्या होता है' और उसका उत्तर होता – 'वे और अच्छे हो जाते हैं'!"

यह हमारी प्रज्ञा नहीं बल्कि हमारी प्रज्ञा की दिशा है, जो हमारी प्रगति की गति को निर्धारित करती है – बशर्ते हमें पता हो कि सही प्रश्न कैसे किया जाए। अपनी हर परेशानी पर पूछें, "मैं ही क्यों?" और फिर अपनी प्रज्ञा का उत्तर सुनें। ख़ुद को प्राप्त हुई असंख्य कृपाओं के लिए पूछें, "मैं ही क्यों?" और फिर अपनी प्रज्ञा की आवाज़ को दोबारा सुनें। अंतर पर ध्यान दें। प्रश्न की सशक्तता को अनुभव करें। प्रश्न में बहुत शक्ति होती है। सही समय पर पूछा गया सही प्रश्न हमारी प्रज्ञा की दिशा बदल सकता है, और इस तरह हमारे जीवन की भी।

"यह मेरे साथ ही क्यों हो रहा है?"– यह प्रश्न आपकी प्रज्ञा को उस दिशा में मोड़ देता है जो आपको स्वयं पर तरस खाने की ओर ले जाती है। लेकिन, उसी परिस्थिति में यदि आप यह प्रश्न पूछें, "इस स्थिति से मैं क्या सीख सकता हूँ?" तो आपकी प्रज्ञा आपको उच्चतर परिपक्वता की ओर ले जाएगी। "वह मुझे समझ क्यों नहीं रही है?"– यह प्रश्न आपकी प्रज्ञा को दूसरों पर दोषारोपण करने और ख़ुद उत्पीड़ित होने की ओर ले जाएगा। इसके बजाय पूछें, "वह मुझे समझ सके, इसके लिए मैं क्या करूँ?" तो आप महसूस करेंगे कि स्थिति अभी भी आपके हाथ

में है। यह प्रश्न आपको एक ज़्यादा सूझबूझ वाला और ज़्यादा ज़िम्मेदार व्यक्ति बना देगा।

यदि आप ख़ुद को फँसा हुआ महसूस कर रहे हैं, यदि आप उतनी गति से नहीं बढ़ रहे हैं, जितनी गति से आप बढ़ सकते हैं, यदि आप उस दिशा में बढ़ रहे हैं, जो आपको आपके लक्ष्य तक ले जाने वाली नहीं है, यदि आपके सामने ऐसे मुद्दे आते रहते हैं, जिन्हें बार-बार सामने आना ही है, तो आप यह जान लें कि निश्चित रूप से आप सही प्रश्न नहीं पूछ रहे हैं और इसी के चलते आप अपनी प्रज्ञा को सही दिशा नहीं दे रहे हैं।

सीधे-सरल प्रश्न, जीवन के प्रति आपके दृष्टिकोण को पूरी तरह बदल सकते हैं, जैसे - 'अब क्या करना है?' 'जो मैं अभी तक करता आया हूँ, उसे और बेहतर ढंग से कैसे कर सकता हूँ?' 'बुरे से बुरा क्या हो सकता है?' हमारी प्रज्ञा पूछे गए प्रश्न का उत्तर देने के लिए बाध्य होती है - चाहे वह प्रश्न आपके द्वारा पूछा गया हो या संसार द्वारा। इसलिए अपने प्रश्न को ध्यान से चुनते रहें और अपनी प्रज्ञा को रचनात्मकता की दिशा में मोड़ते रहें।

अपने आणविक चुंबकीय अनुस्पंदन (nuclear magnetic resonance) अन्वेषण के लिए सुविख्यात भौतिक विज्ञानी और नोबेल पुरस्कार से सम्मानित इसीडोर आइज़ैक राबी ने कहा है, "मेरी माँ ने अनजाने में ही मुझे वैज्ञानिक बना दिया। ब्रुकलिन में हर यहूदी माँ स्कूल से घर लौटकर आए अपने बच्चे से पूछा करती थी, 'तो आज स्कूल में तुमने कुछ सीखा?' लेकिन मेरी माँ ने यह कभी नहीं पूछा। वे हमेशा पूछा करती थीं, 'बेटा, क्या तुमने आज कोई अच्छा प्रश्न पूछा?' इस अंतर ने - सही प्रश्न पूछने ने, मुझे वैज्ञानिक बना दिया।"

एक व्यक्ति ने पूछा, "सेब नीचे ही क्यों गिरता है?" और इस प्रश्न के बाद दुनिया ही बदल गई। वास्तव में सभी अन्वेषण और सारे आविष्कार

किसी न किसी प्रश्न से शुरू होते हैं। अर्जुन ने अपने प्रश्नों से कृष्ण की प्रज्ञा को एक दिशा ही तो दी थी, जो भगवद् गीता के नाम से जानी जाती है।

चाहे आपके पास सारे उत्तर न हों। महत्वपूर्ण बात यह है कि क्या आपके पास सही प्रश्न हैं? आपकी प्रज्ञा प्रतीक्षा कर रही है... सही प्रश्न पूछें तो सही, उत्तर मिलेगा।

•••

*भले ही आप पर कोई विश्वास न करे,
आपको ख़ुद पर विश्वास रखना होगा।
भले ही किसी को विश्वास न हो कि आप
कर सकते हैं, लेकिन आपको यह विश्वास
रखना होगा कि आप कर सकते हैं।
और आप ख़ुद पर तभी विश्वास कर सकते हैं
जब आप ख़ुद से प्रेम करते हों।*

*तो भले ही आपसे कोई प्रेम न करे,
आपको ख़ुद से प्रेम करना होगा।
वास्तव में जब आप ख़ुद से प्रेम करना
सीख जाते हैं, तभी यह संसार आपसे
प्रेम करना शुरू करता है।*

*कुल मिलाकर इस बात से बहुत कम
अंतर पड़ता है कि संसार आपको कैसे देखता है,
लेकिन इस बात से बहुत अंतर पड़ता है कि
आप ख़ुद को कैसे देखते हैं।*

हर कोई देख रहा है।

हम ऐसा कह कर कब तक ख़ुद को सांत्वना देते रहेंगे – "मेरे पिता यदि धूम्रपान करते हैं, पान-तंबाकू या गुटका खाते हैं, तो क्या हुआ, वे हैं भी तो बड़े आदमी।" हम यह कहकर कब तक ख़ुद को संतुष्ट करते रहेंगे – "हमें अपने शिक्षक के चरित्र से क्या लेना-देना, वह तो उसका व्यक्तिगत जीवन है; हमें तो उससे पढ़ना है बस!"

संसार में क्या सही है और क्या ग़लत, इसका निर्णय करने वाला मैं कोई न्यायाधीश नहीं हूँ। मैं यह भी जानता हूँ कि कोई चीज़ सार्वभौमिक तौर पर सही या ग़लत नहीं होती। किसी के द्वारा किए जा रहे चयन में हस्तक्षेप करने वाला मैं कौन होता हूँ? फिर भी, साहस करके ख़ुद से यह प्रश्न तो कर ही लें, "यदि मेरे बच्चे वही ग्रहण कर लें, जिसे मैं 'बिल्कुल ठीक' समझता हूँ, तो क्या मुझे इससे सुख और ख़ुशी मिलेगी? क्या मैं कभी कह सकूँगा कि मुझे अपने आप पर गर्व है, क्योंकि मुझमें फलाँ लतें और आदतें हैं? क्या मेरी चारित्रिक विशेषताएँ अनुसरण के लायक हैं? आने वाली पीढ़ी के लिए मेरा जीवन क्या एक आदर्श होगा या एक ख़तरा? – किसी विशेष अंश रूप में नहीं बल्कि अपने संपूर्ण रूप में?"

हमारे बच्चे सब कुछ देख रहे हैं। हम उनसे जो भी कहते हैं, उसकी अपेक्षा वे इस बात से ज़्यादा सीखते हैं, कि हम क्या करते हैं। नैतिकता पुस्तकों से कभी नहीं सीखी जाती, वह तो अपने आस-पास रहने वालों को देख-देखकर सीखी जाती है। संसार आपके आचरण के उदाहरण पर चलेगा, न कि आपकी सलाह या उपदेश पर।

यह एक तथ्य है कि जब कोई गुरु मौन को, शांति को प्राप्त कर लेता

है, तब ध्यान लगाने का उसका ध्येय पूरा हो जाता है और फिर उसे वैसी *साधना* की ज़रूरत नहीं रह जाती। लेकिन अज्ञानी जिज्ञासु तर्क देता है, "जब गुरु जी ही नियमित रूप से ध्यान नहीं लगाते तो मुझे नियमित होने की क्या ज़रूरत है?" इसीलिए भगवद् गीता हमें याद दिलाती है – "कोई महान व्यक्ति जो कुछ करता है, अन्य लोग उसका अनुकरण करते हैं। वह जो भी मानक स्थापित कर देता है, संसार उसी का अनुसरण करता है।" दूसरों को उत्प्रेरित करने के लिए हमें कुछ तो प्रेरक कार्य करने ही चाहिए – अपने तर्क-वितर्क एक ओर रखकर। हमें एक आदर्श बनने योग्य होना चाहिए। जो कर्तव्य है, उसे किया जाना चाहिए, और जो करने योग्य नहीं है, उसे करना बंद कर दिया जाना चाहिए।

एक शिक्षक, एक बॉस, एक अभिभावक, किसी उद्योग के प्रमुख, किसी परिवार के मुखिया, किसी सरकारी कार्यालय के पदाधिकारी – किसी ऐसे या अन्य रूप में... आपको, मुझे, और हममें से हर एक को इस तरह से रहना और जीना चाहिए, जो दूसरों के अनुकरण व अनुसरण के योग्य मानक स्थापित कर सके। आपका सोचना, बोलना, कार्य करना और रहना ऐसा होना चाहिए जैसा कि आप दूसरों से चाहते हैं कि वे किस प्रकार बोलें, किस प्रकार कार्य करें और किस प्रकार रहें। जिस बात की अपेक्षा हम ख़ुद से करने को इच्छुक नहीं हैं, तैयार नहीं हैं, उस बात की अपेक्षा हम संसार से कैसे कर सकते हैं?

कुछ समय बाद आपके आस-पास का संसार आप ही की कार्बन कॉपी लगने लगता है। इसलिए यह सुनिश्चित कर लें कि आप ऐसी 'मास्टर कॉपी' बनें जो इस योग्य तो हो कि उसकी 'डुप्लीकेट कॉपी' बनाई जा सके।

मार्क ट्वेन ने कहा है, "नृत्य ऐसे करो, जैसे आपको कोई भी नहीं देख रहा है।"

और मेरा आपसे यह कहना है, "ऐसे जिएँ, ऐसे रहें, जैसे हर कोई देख रहा है।"

शिक्षा का अर्थ केवल किताबी ज्ञान नहीं है।

स्वामी विवेकानंद ने कहा था, "आपके मस्तिष्क में भर दी गई वह ढेर सारी जानकारी और सूचना शिक्षा नहीं है, जो जीवन के लिए अनुपयुक्त होने के कारण जीवन भर उसमें उत्पात मचाती रहती है। हममें जीवन निर्माण, मानवीयता निर्माण तथा चरित्र निर्माण करने वाले विचार होने चाहिए। यदि ऐसे पाँच विचार भी आप आत्मसात कर लेते हैं, उन्हें अपना जीवन चरित्र बना लेते हैं, तो आप उस व्यक्ति से कहीं ज़्यादा शिक्षित हैं, जिसने पूरा पुस्तकालय कंठस्थ कर रखा हो। हमें उस शिक्षा की ज़रूरत है, जिसके द्वारा चरित्र का निर्माण हो, मनोबल में वृद्धि हो, प्रज्ञा का विस्तार हो और जिसके बल पर व्यक्ति अपने पैरों पर खड़ा हो सके।"

जाने क्यों और कैसे हम किताबी ज्ञान को, स्कूली पढ़ाई को ही शिक्षित होना मान बैठे हैं। अभिभावकों से लेकर शिक्षकों तक, हर किसी का पूरा ध्यान स्कूली पढ़ाई की ओर ही हो गया है। कोई बालक यदि जीवन के ही विज्ञान से अनभिज्ञ बना रहता है, तो विज्ञान पढ़कर भी वह भला क्या कर लेगा ? हम अपने बच्चों को इतिहास पढ़ने और उसे रटने के लिए तो कहते हैं, लेकिन हम उन्हें इतिहास रचने के लिए नहीं कहते। कोई बालक अपनी पहली, दूसरी या तीसरी भाषा के साथ क्या कर लेगा यदि उसमें संवाद का कौशल, दूसरे तक अपनी बात स्पष्ट ढंग से पहुँचाने का कौशल विकसित नहीं हो सका ?

मेरी बात को ग़लत न समझें। मैं यह नहीं कह रहा हूँ कि किताबी ज्ञान व्यर्थ है, मैं तो इस बात पर बल दे रहा हूँ कि सिर्फ़ किताबी ज्ञान शिक्षा

को कभी पूरा नहीं करता। वह बालक के विकास का एक पक्ष तो है, लेकिन एक मात्र पक्ष नहीं है। वह जीवन में सहायक तो है, लेकिन यही एक मात्र जीवन नहीं है। जीवन कुछ और भी है। सर्वोच्च अंक प्राप्त करने वाला अपने जीवन में भी सर्वोच्च रहे - ऐसा ज़रूरी नहीं है। और यह भी ज़रूरी नहीं है कि सारे बैक-बेंचर (कक्षा में पीछे बैठने वाले) अपने जीवन में भी बैक-बेंचर ही रहते हों। सचमुच, हम अक्सर देखते हैं कि '98 प्रतिशत अंक पाने वाला जीवन की औसत समझ लिए हुए' अंततः उस '72 प्रतिशत अंक पाने वाले' के लिए काम कर रहा होता है, जिसमें 'जीवन की समग्र समझ' होती है।

संबंध ही जीवन का असली ताना-बाना हैं। संवाद ही संबंधों की जीवन रेखा होता है। सफलता केवल नेतृत्व से जुड़ी होती है - या तो आप नेतृत्व कर रहे होते हैं या फिर किसी के नेतृत्व का अनुसरण कर रहे होते हैं। जहाँ आप अपना समय लगाते हैं, आपका भविष्य भी वहीं से बनता है। इसलिए संक्षेप में, समय प्रबंधन का कौशल ही जीवन का कौशल है। आप या तो निर्भर करने योग्य होते हैं या फिर किसी पर निर्भर होने योग्य और यह आपकी उस छवि पर निर्भर करता है जो आपने ख़ुद अपने लिए बना ली है। कटु सत्य यह है कि जीवन की इन अनिवार्यताओं में से कोई भी हमारे स्कूली या किताबी ज्ञान प्रणाली का हिस्सा नहीं है।

तो अभिभावकों से, शिक्षकों से और अन्य उन सभी से, जिनके हाथ में हमारे बच्चों का भविष्य है, अनुरोध है कि कृपा करके हमारे बच्चों को किसी पाठ्यक्रम से न बाँधें। बच्चों को हम जीवन के प्रति खुलने और खिलने दें और निश्चय ही किताबी ज्ञान के प्रति भी। हम केवल उनके प्राप्तांकों को ही न देखते रहें, बल्कि हमें उनके जीवन को भी देखना होगा।

ख़ुशी पाने का कोई रास्ता नहीं है, ख़ुशी ख़ुद ही वह रास्ता है।

किसी काम को जब रुचि से किया जाता है तो उस काम को करने में आनंद आता है, और अंततः जब वह पूरा हो जाता है तो आपको उपलब्धि की अनुभूति होती है। जो काम आपको ऐसी अनुभूति देता है उसे आप बार-बार करना चाहते हैं।

इसके विपरीत, काम को जब एक विवशता, एक बाध्यता के रूप में समझा व किया जाता है, तो जो काम आप कर रहे होते हैं, उससे आप जूझ रहे होते हैं और आख़िर जब वह पूरा हो जाता है तो आपको 'चलो, जान छूटी' का एहसास होता है। जो काम आपको 'जान छूटी' का एहसास देता है, भविष्य में आप उससे बचना चाहते हैं। आप यदि उसे दोबारा भी कर रहे होते हैं, तब भी उसे आधे-अधूरे मन से, अरुचि व अनिच्छा से ही कर रहे होते हैं।

जो लोग हर काम को रुचि से करते हैं, वे जीवन में उपलब्धियों से भरे होते हैं, इसीलिए वे जीवन के प्रति बहुत अभिलाषित रहते हैं। जो लोग हर काम को एक विवशता, एक बाध्यता के रूप में लेते हैं, वे जीवन से थक जाते हैं, ऊब जाते हैं और इसीलिए जीवन से छुटकारा पाने की इच्छा की हद तक चले जाते हैं।

लोग अपने जीवन के दैनिक कामकाज करने में भी अरुचि व अनिच्छा वाले हो गए हैं... लोग खाना बनाने में भी अनिच्छुक हो गए है... क्या प्री-कुक्ड फ़ूड, फ़ास्ट फ़ूड, फ़्रोज़न फ़ूड और रेडीमेड फ़ूड ने आज हर रसोई में घुसपैठ नहीं कर ली है? लोग आराम से बैठकर भोजन का

स्वाद लेने के भी अनिच्छुक होते जा रहे हैं... नाश्ता करना छोड़ देना और लंच के लिए समय न निकाल पाना क्या आम बात नहीं होती जा रही है? बच्चे स्कूल जाने के उतने अनिच्छुक नहीं हैं, जितने वयस्क लोग काम पर जाने में अनिच्छुक होते जा रहे हैं... सोमवार की सुबह पड़ने वाले दिल के दौरों की बढ़ती संख्या का क्या आप कोई और कारण बता सकते हैं?

जीवन से जुड़ी अनिवार्यताओं को यदि एक विवशता की तरह, एक बाध्यता की तरह देखा जाएगा, और हर काम के पूरा हो जाने पर छुटकारा पाने के एहसास वाली लंबी साँस ली जाएगी... तो हम अपने जीवन की गुणवत्ता में विकास कैसे कर पाएँगे?

देखिए, हम जो भी करें, उसे उत्सव की तरह करें। 'उफ़, तो मुझे यह करना ही पड़ेगा' वाली प्रवृत्ति के बजाय, 'मैं यह करना **चाहता हूँ**' वाली प्रवृत्ति को अपनाएँ। हमारा हर कार्य कुछ इस तरह से हो कि उसका आरंभ रुचि के साथ हो, करना आनंद के साथ हो और समापन उपलब्धि की अनुभूति के साथ हो। जो काम हमें करना ही है तो फिर उसे आनंद के साथ ही क्यों न किया जाए?

शिष्य ने पूछा, "गुरुजी, ज्ञान-प्राप्ति से पहले भी आप केवल कुँए से जल खींचते थे और लकड़ियाँ काटते थे, और ज्ञान-प्राप्ति के बाद भी आप वही कर रहे हैं। आपके कार्य में तो मुझे कोई अंतर दिखाई नहीं दे रहा है।" गुरु का उत्तर था, "हाँ, मेरे कार्य में कोई अंतर नहीं है, लेकिन जिस गुणवत्ता से मैं यह कार्य कर रहा हूँ, उसमें परिवर्तन आ गया है।"

कन्फ़्यूशियस ने ठीक ही कहा था, "वह रोज़गार चुनें, जिसमें आपकी रुचि है, तो फिर आपको जीवन में एक भी दिन काम नहीं करना पड़ेगा।"

ख़ुशी पाने का कोई रास्ता नहीं है, ख़ुशी ख़ुद ही वह रास्ता है।

ईश्वर के बिना
मैं कुछ नहीं कर सकता।

मेरे बिना
ईश्वर कुछ नहीं करेगा।

यदि ईश्वर और मैं साथ हैं
तो कुछ भी संभव है।

लोग मुझे मेरे काम से जानते हैं। ईश्वर मुझे मेरे इरादों से जानता है।

एक लड़के और एक लड़की ने एक-दूसरे को बाहों में भर लिया था। कुछ समय बाद उनसे बातचीत करने का अवसर मिला। लड़के ने कहा, 'उसे गले लगाने में मुझे बहन का स्नेह मिला।' लड़की ने कहा, 'मुझे लगा कि वह मेरा जीवन-साथी है।' दोनों के द्वारा किया गया कार्य एक ही था, लेकिन दोनों के इरादे, दोनों के आशय एक नहीं थे।

युद्ध में, सीमा पर जब कोई सामने वाले को मार गिराता है तो वह देश के लिए नायक बन जाता है, लेकिन जब कोई देश के भीतर किसी दूसरे को मार देता है, तो उसे हत्यारा कहा जाता है। किसी को मारना वैसे तो अपराध है, लेकिन किसी न्यायालय के आदेश के अंतर्गत किसी को फाँसी पर लटका देना जल्लाद की ड्यूटी कहलाती है। जब कोई देश के लिए अपनी जान दे देता है तो वह शहीद कहलाता है, लेकिन यदि कोई अपना जीवन आत्महत्या द्वारा समाप्त कर लेता है तो उसे क़ायर कहा जाता है। चोर भी चाकू का प्रयोग करता है और सर्जन भी चाकू का प्रयोग करता है।

किसी कर्म में कोई पाप नहीं होता, पाप तो हमेशा उस कर्म के पीछे मौजूद आशय में होता है।

यह बात समझ लेने से संबंधों में सहजता आ जाती है। फिर माफ़ कर देना आपके लिए सरल हो जाता है, यह समझ लोगों को स्थिति के अनुसार ढलने में सहायक होती है और सबसे बड़ी बात है कि यह आपको अपने आस-पास के लोगों को सही दृष्टिकोण से देखने की क्षमता देती है।

व्यक्तिगत रूप से कहूँ तो इसने मुझे अपने आस-पास के लगभग हर व्यक्ति को सकारात्मक दृष्टि से देखने में बहुत सहायता की है। उनके कार्य हालाँकि हमेशा ही सही नहीं रहे, लेकिन मैं उनके कार्य के पीछे छुपे हुए आशय और इरादों को देख सका, जो हमेशा ग़लत नहीं थे।

फिर भी मुझे इस बात के प्रति सजग व सचेत रहने की ज़रूरत है कि मेरे आस-पास का संसार तो मुझे मेरे कार्यों से ही जानना जारी रखेगा। यही कारण है कि आपके कार्यों के माध्यम से प्राप्त परिणाम उस कार्य के पीछे के आपके आशय और इरादे से अधिक अंक हासिल कर ले जाते हैं। तभी तो यह जानते हुए भी कि लोग आपको प्रेम करते हैं आप यह बात उनके मुँह से सुनना चाहते हैं। और यही कारण है कि उन लोगों के सामने भी हमें स्वयं को स्पष्ट करने की नौबत अक्सर आ जाती है, जिनके बारे में हम मानते हैं कि वे हमें स्वयं से बेहतर जानते हैं।

संसार को इस दृष्टकोण से देखते हुए भी कि 'किसी कार्य में कोई पाप नहीं होता, पाप तो उस कार्य के पीछे छुपे आशय व इरादे में होता है,' हमें इस तथ्य के प्रति भी सजग रहना होगा कि संसार हमें हमारे कार्यों से ही जानता है... भले ही हमारा आशय, हमारा इरादा कुछ भी हो।

भगवान हमें भले ही हमारे इरादों के आधार पर पुरस्कृत या दंडित करे, लेकिन इंसान तो हमें हमारे कार्यों के आधार पर ही पुरस्कृत या दंडित करेगा। क्यों न हम इस लोक व परलोक, दोनों में ही अच्छा होने और दोनों को ही जीत लेने की कोशिश करें? अच्छे इरादे से कार्य करना ही संपूर्ण मानव बनने का इकलौता साधन है।

आप जिसका प्रयोग नहीं करते, उसे गँवा देते हैं।

मैंने ऐसे लोग देखे हैं जो बेहतरीन वक्ता रहे हैं, लेकिन कुछ वर्ष बाद मंच से पहले जैसा प्रभाव डालने में उन्हें पसीने छूट गए क्योंकि भरी सभा में भाषण देने का उनका अभ्यास छूट गया था। मैंने कई ऐसी उच्च शिक्षित महिलाएँ देखी हैं, जिन्होंने गृहिणी बन जाने के बाद अपने आपको चारदीवारी में ऐसा क़ैद कर लिया कि वे अपने संवाद के धारा प्रवाह को खो बैठीं। मैंने ऐसे उत्कृष्ट गायकों को देखा है, जो अपने गायन में उस स्तर को अब नहीं छू पाते, जिसकी उनमें क्षमता है, क्योंकि उन्होंने रियाज़ करना बंद कर दिया है।

ऐसा क्यों है कि मेरा बायाँ हाथ उतना सक्रिय नहीं है, जितना कि दायाँ हाथ? सीधी बात है, क्योंकि मैं अपने दाएँ हाथ का प्रयोग अधिक करता हूँ। आपकी वे माँसपेशियाँ सशक्त हो जाती हैं, जिनका प्रयोग आप अधिक करते हैं और जिनका प्रयोग आप नहीं करते, वे शक्तिहीन होती जाती हैं। हृदय संबंधी अधिकांश समस्याएँ इस बात का परिणाम होती हैं कि हृदय का प्रयोग उसकी अधिकतम क्षमता तक नहीं किया गया। जिस हृदय से काम लिया जाता है, वह कर्मठ बना रहता है। यह बात शरीर के हर अंग पर लागू होती है... मानव शरीर अपना जीवन काल पूरा हो जाने के बाद 'देहांत' हो जाने के लिए गढ़ा गया है, लेकिन हम ही इसमें ज़ंग लगाकर इस जीवन के काल को जल्दी बुला लेते हैं।

यदि आप इसका प्रयोग नहीं करते, तो इसे गँवा देते हैं।

जिस धन का प्रयोग नहीं किया जाता, उसकी क़ीमत घट जाती है। जिस

प्रतिभा का प्रयोग नहीं किया जाता, वह ख़त्म होने लगती है। जिस क्षमता का प्रयोग नहीं किया जाता, वह कमज़ोर पड़ने लगती है। जिस मशीन का प्रयोग नहीं किया जाता, उसमें ज़ंग लग जाता है। जिस ज्ञान का प्रयोग नहीं किया जाता, वह एक भार समान हो जाता है। जिस चीज़ का प्रयोग नहीं किया जाता, वह अनुपयुक्त हो जाती है।

यहाँ मुझे बाइबल की एक कथा याद आ रही है जिसमें अपनी यात्रा पर जाने से पहले एक मालिक अपने तीन नौकरों को बुलाता है और उन्हें कुछ मुद्राएँ सौंप देता है। उसकी वापसी पर पहले नौकर ने बताया कि उसे दी गई पाँच मुद्राओं में उसने पाँच और जोड़ दी हैं। दूसरे ने बताया कि उसे दी गई दो मुद्राओं में उसने दो और जोड़ दी हैं। मालिक प्रसन्न हुआ और बोला, "तुम लोग इन कुछ मुद्राओं के प्रति निष्ठावान रहे हो, इसलिए मैं तुम्हें और अधिक का प्रभारी बनाऊँगा।" तीसरे नौकर ने आकर वह इकलौती मुद्रा भी मालिक को लौटा दी, जो उसे दी गई थी। उसने उस मुद्रा का उपयोग ही नहीं किया। इस पर मालिक बोला, "इससे यह मुद्रा वापस ले लो और उसे दे दो जिसके पास 10 मुद्राएँ हैं।"

मैथ्यू 25:29 में कहा गया है : "जिसके पास कुछ है, उसे और दिया जाएगा और इस तरह उसके पास बहुत हो जाएगा, लेकिन जिसके पास नहीं है उससे वह भी ले लिया जाएगा, जो उसके पास है।"

जीवन का परम दुख आख़िर में होने वाली मृत्यु नहीं है, बल्कि अपने जीते जी अपने भीतर संसाधन की संपदा का मर जाना है। हम साँस लेते हुए शव न बनें।

जो उपलब्ध है, उसका प्रयोग करें अन्यथा आप उसे गँवा देंगे।

मुझे बताएँ कि आपके मित्र कौन हैं और मैं बता दूँगा कि आप कौन हैं।

कार्यालय में उस सुबह वह लड़की बहती जल धारा की तरह उत्साह से भरी हुई थी, जब वह अपने जीवन के प्रयोजन के बारे में, अपने भविष्य की योजनाओं व लक्ष्यों के बारे में और अपनी उपलब्धियों के बारे में बता रही थी। इस बारे में वह बिल्कुल स्पष्ट थी कि अपने समय व क्षमता का सदुपयोग वह किस तरह करना चाहती है। लेकिन अगली सुबह वह बस उन नई-नई फ़िल्मों की बातें कर रही थी, जो उसने अभी तक नहीं देखी हैं, वह उन पेस्ट्रियों के नाम गिना रही थी जो उसने बहुत दिनों से नहीं खाई थीं, और यह कि वह अपनी 'विंडो-शॉपिंग' को कितना 'मिस' कर रही है। बात यह नहीं है कि इसमें क्या सही है और क्या ग़लत है, बल्कि यह है कि 24 घंटे में यह बदलाव कैसे आ गया। जिन लोगों के साथ वह उस दिन थी और जिन लोगों के साथ वह अगले दिन थी - उसी से यह सारा अंतर आया था।

लोगों की संगत में रहना दोधारी तलवार जैसा होता है... उसमें यह शक्ति भी होती है कि वह आपका विकास कर दे, और यह शक्ति भी होती है कि आपका विनाश कर दे। हम जिन लोगों की संगत से घिरे रहते हैं, उसका इस बात पर बहुत प्रभाव पड़ता है कि हम कैसे सोचते हैं, कैसा महसूस करते हैं, दूसरों को कैसे देखते हैं, अपने आपको कैसे देखते हैं, और अपने वर्तमान व भविष्य को कैसे बनाते हैं। यह सच है कि ऐसे लोग भी हुए हैं जो अपने परिवेश के बावजूद ऊपर उठे हैं... लेकिन हम यहाँ अपवादों की चर्चा नहीं कर रहे हैं; अधिकांश लोगों के मन-मस्तिष्क का स्वरूप उनके परिवेश के द्वारा... उनके परिवेश के 'कारण' ही तो बनता है।

आपके मन-मस्तिष्क का मौजूदा स्वरूप केवल बीते कल द्वारा ही नहीं रचा गया है, बल्कि वह उन लोगों द्वारा भी तरह-तरह से रचा गया है, जिनकी संगत में आप कल तक रहते आए हैं। और आपके आने वाले कल का स्वरूप उन लोगों द्वारा रचा जाएगा, जिनकी संगत को आप अपना आज सौंप देंगे।

नियमित रूप से गिरिजाघर आने वाले एक सदस्य ने वहाँ आना अचानक बंद कर दिया। जब कुछ दिन बीत गए तो पादरी ने उसके घर जाने का सोचा। उस शाम बहुत सर्दी थी। पादरी को वह आदमी दहकती अँगीठी के सामने बैठा मिला, वह घर में अकेला था। उस व्यक्ति ने पादरी का स्वागत किया, अँगीठी के सामने रखी एक बड़ी सी कुर्सी पर बैठने का आग्रह किया, और उसके कुछ बोलने की प्रतीक्षा करने लगा। पादरी कुर्सी पर आराम से बैठ तो गया पर बोला कुछ नहीं। कुछ देर बाद पादरी ने चिमटा उठाया और बड़ी सावधानी से एक बड़ा सा दहकता-चमकता अंगारा अँगीठी में से निकाला और उसे एक तरफ़ रख दिया। इसके बाद वह फिर कुर्सी पर आराम से बैठ गया, लेकिन बोला कुछ नहीं। वह व्यक्ति यह सब बस देखता रहा। उस अकेले अंगारे की चमक-दमक धीरे-धीरे कम होती चली गई और जल्दी ही वह बुझा-बुझा और ठंडा सा हो गया। पादरी के आने के समय हुए अभिवादन के अलावा किसी ने भी एक शब्द तक नहीं बोला था। चलने से पहले पादरी ने वह ठंडा और बुझा-बुझा कोयला उठाया और वापस आग में फेंक दिया, जिससे वह तुरंत ही आस-पास के जलते कोयलों के कारण रोशनी और गर्मी से फिर चमकने-दहकने लगा। पादरी चलने के लिए जैसे ही उठा तो वह मेज़बान व्यक्ति बोला, "आपके आने का बहुत-बहुत धन्यवाद, विशेष रूप से अंगारे वाले उपदेश के लिए। मैं अगले रविवार से दोबारा गिरिजाघर आया करूँगा।"

जो बुद्धिमान लोगों की संगत में रहता है, वह बुद्धिमान बनेगा, लेकिन मूर्खों की संगत में रहने वाला हानि ही झेलेगा। - प्रोवर्ब 13:20।

कहा जाता है कि गोद लिया गया बालक एक समय के बाद, लगभग उस परिवार के सदस्यों के समान ही बन जाता है, जिस परिवार ने उसे गोद लिया है। सच है... हम जैसी संगति में रहते हैं, वैसे ही हो जाते हैं। हम अपनी गति को जितना बढ़ा सकते हैं, यदि वह उतनी नहीं बढ़ रही है, और जितने शील, शोभा, शिष्टता, गौरव और गरिमा के साथ हम रह सकते हैं, हम उतना नहीं रह रहे हैं तो हमें एक साहसिक क़दम उठाना होगा... चाहे वह कोई संगठन हो, जिसमें हम काम करते हैं, चाहे उन लोगों का साथ हो, जिनसे हम जुड़े हुए हैं या वह परिवार हो जिसमें हम पल-बढ़ रहे हैं... यदि वह हमारा सृजन नहीं कर रहा है, तो हमें वहाँ से किसी ऐसे स्थान पर चले जाना होगा, जहाँ हमारा विकास हो सके। यह एक कठिन क़दम है, लेकिन ज़रूरी है। कबाड़ के ढेर में किसी बीज को बर्बाद कर देने की क्या तुक है?

असाधारण लोग, वे साधारण लोग होते हैं
जो हर साधारण कार्य को
असाधारण जोश के साथ करते हैं।

महान जीवन का अर्थ है किसी प्रयोजन के साथ
स्वयं को एकाकार कर देना - एक ऐसा प्रयोजन,
जो आपके जीवन से बड़ा हो और जिस पर आप
अपनी अंतिम साँस तक अपनी हर साँस को
न्यौछावर करते रहना चाहते हों।

आप इतिहास तब रचते हैं, जब आपके पास
कोई ऐसा प्रयोजन हो, जो आपको हर सुबह
थोड़ा जल्दी उठने को, और हर रात थोड़ा
देर तक जागे रहने को प्रेरित करता हो और
इसके बीच के हर पल को जोश की
प्रबलता से भरता हो।

अपने हर कार्य में 'अतिरिक्त' योगदान दें,
ताकि आपका जीवन असाधारण हो जाए।

• • •

उस विचार से ज़्यादा सशक्त कुछ नहीं होता, जिसका सही समय आ गया हो।

एक आदमी ज़मीन से लगभग 100 फ़ीट ऊपर अपनी मचान पर लटका रहता है। वह दिहाड़ी पर पुताई का काम करता है – 'जीवन यापन' करने के लिए उसका यही विचार है। उसके एक सहकर्मी ने पुताई करने की अपनी कुशलता को कुछ और निखार लिया है, इसलिए वह ठेके पर काम करता है – 'जीवन यापन' का यह एक और विचार है। एक अन्य व्यक्ति ने गाड़ी चलाना सीखा और एक व्यापारिक घराने में बतौर ड्राइवर नौकरी कर ली, वहाँ वह 14 घंटे काम करता है और इससे उसे अपने गुज़ारे लायक वेतन मिल जाता है – 'जीवन यापन' का यह उसका विचार है। ऐसे ही एक चतुर व्यक्ति ने एक कॉरपोरेट संस्थान में बतौर ड्राइवर नौकरी कर ली, जहाँ उसे वेतन के अलावा अन्य लाभ और सुविधाएँ भी मिल रही हैं – 'जीवन यापन' का यह एक अन्य विचार है। कोई भोजन बनाने के अपने कौशल से किसी घर में मासिक वेतन पर बतौर रसोईया नौकरी कर लेता है, जबकि ऐसा ही दूसरा व्यक्ति सड़क किनारे अपना ही ढाबा खोल लेता है और दैनिक लाभ कमाता है – 'जीवन यापन' के ये दो भिन्न-भिन्न विचार हैं। ध्यान दें कि उपर्युक्त हर व्यक्ति के पास 'जीवन यापन' का एक-एक विचार था जिसके लिए किसी शिक्षा या पूँजी निवेश की कोई पूर्व अपेक्षा नहीं थी।

'जीवन यापन' का आपका विचार सेल्समैन बनने का हो सकता है, तो किसी और का सॉफ़्टवेयर इंजीनियर बनने का, तीसरे का एक उद्यमी

बनने का, और चौथे का अपने पारिवारिक व्यापार से जुड़ जाने का... और ऐसे लोग भी हैं जो इस विचार में विश्वास रखते हैं कि इस संसार में 'जीवन यापन' के लिए कोई अवसर है ही नहीं।

हमें यह बात समझ लेनी चाहिए कि विशाल से विशाल उद्योग भी कभी केवल एक विचार ही था। हर क्रांति और हर सामाजिक संगठन कभी केवल एक विचार ही थे। आपके हाथ में यह जो पुस्तक है, यह भी कभी एक विचार ही थी।

उस विचार से ज़्यादा सशक्त कुछ नहीं होता, जिसका सही समय आ गया हो।

हालाँकि वह विचार क्या लाखों लोगों का पेट भरेगा या आपके ही छोटे से पेट को भर पाएगा? वह विचार आपको मात्र चार पैसे कमाकर देगा या आप पर करोड़ों की बरसात कर देगा? यह सब इस बात पर निर्भर करता है कि वह विचार किस तरह की सोच वाले व्यक्ति के दिमाग़ में पैदा हुआ है, और वह उस विचार का क्या करता है।

निष्कर्ष यह है... आप और आपके विचार मिलकर आपका संसार बदल सकते हैं...

अपने प्रियजनों के साथ मैं वैसा ही होता हूँ, जैसा मैं हमेशा से था।

"आपकी सारी उपलब्धियों में महानतम है – अपने जीवन को उपलब्धियों से परिपूर्ण करना और फिर यह कह सकने योग्य होना : 'मैंने जो भी हासिल किया है, उसने मेरे अस्तित्व को मलिन व दूषित नहीं किया है, मैं वैसा ही हूँ जैसा हमेशा से था।' जीवन का सबसे बड़ा आनंद है, इंसानों के बीच रहते हुए इंसानियत से थोड़ा ऊँचा उठकर जीना, लेकिन फिर भी इंसानों के बीच इंसानों की तरह चलना। आप अपने हृदय को किसी भी बाहरी चीज़ से अछूता रहने दें।" – ये शब्द एक वार्षिक आध्यात्मिक कार्यक्रम के समापन पर मेरे द्वारा कहे गए शब्दों में से कुछ शब्द थे।

कुछ घंटे बाद हम मुंबई हवाई अड्डे पर पहुँचे। हमारे समूह में लगभग 30 लोग थे। अचानक ही वहाँ मेरा एक बहुत पुराना मित्र मिल गया, जो अब मेरे संपर्क में नहीं था। पिछली बार हमारी भेंट लगभग 10 वर्ष पहले हुई होगी। और इस बीच मेरे जीवन के घटनाक्रम से वह पूरी तरह अंजान था। यह सुनकर कि हम एक आध्यात्मिक कार्यक्रम से लौट रहे हैं, उस पर एक सनक सवार हो गई और वह बोला, "मुझे सलाम करो और सिद्ध करो कि तुम अभी भी मेरे वैसे ही मित्र हो।" कोई क्या कहेगा इसकी परवाह न करने वाला व्यक्ति होने के कारण मैंने उसे झट से सलाम कर दिया। मुझे मालूम है कि मेरे वे 30 मित्र मुझे कितना प्रेम करते हैं, और मेरा कितना सम्मान करते हैं। इसलिए जब उनके चेहरों पर 'बुरा लगने' के भाव उभरे तो मुझे आश्चर्य नहीं हुआ। लेकिन मेरे उस पुराने मित्र के लिए वह एक महान विजय वाला पल था। वह मुझमें अपना

वही पुराना मित्र देखना चाहता था, न कि आध्यात्मिक रूप से प्रतिष्ठित किसी व्यक्ति को। उसके चेहरे पर आई ख़ुशी यह बता रही थी।

एक दिन मेरा बेटा मेरे पास आया और कहीं बाहर डिनर करने की ज़िद करने लगा। मैंने उसे बताया कि आज यह संभव नहीं है क्योंकि 'फ्रोज़न थॉट' के नियमित स्तंभ 'सजगता' के लिए मुझे अपना लेख रात तक पूरा करके देना है। उसने पल भर भी रुके बिना मुझे जवाब दिया, "आप अपने लोगों को कल सजग कर देना, मुझे आज ही डिनर पर ले चलो।"

आपके माता-पिता को तो अपना बेटा चाहिए, कोई प्रबंधन गुरु नहीं। आपके जीवनसाथी को अपनी भावुकताओं वाली कमियों के साथ आप वैसे ही चाहिए जैसे आप हैं, न कि कोई दोषशून्य संपूर्ण व्यक्तित्व। आपके बच्चों को तो एक पिता चाहिए, न कि कोई राष्ट्रपिता।

क्या दो प्रसिद्ध पात्र - सुपरमैन और स्पाइडरमैन, हमें यही बात नहीं सिखा रहे हैं? ये दोनों नायक किसी भी आम आदमी की तरह भावुक हैं - अपनी पसंद की लड़की के सामने अपने प्रेम का इज़हार करने में वैसे ही संकोचशील! लेकिन जब परिस्थिति की माँग होती है तो जो कुछ ज़रूरी है, उसे करने के लिए उठ खड़े होते हैं।

अपने पेशेवर क्षेत्र में मैं अपनी विशेष वेशभूषा पहन लेता हूँ और परिस्थिति के अनुसार अपने कार्य में जुट जाता हूँ। लेकिन मैं हमेशा यह याद रखता हूँ कि कब मुझे यह विशेष वेशभूषा उतार देनी है। कुछ भी हो, मेरे घर में रहने वालों को तो वही व्यक्ति चाहिए, न कि कोई सिद्ध व्यक्ति।

अपने प्रियजनों के साथ मैं वैसा ही होता हूँ, जैसा मैं हमेशा से था।

जब अहं आता है तो बाक़ी सब चला जाता है, और जब अहं चला जाता है तो सब आ जाता है।

साइकिल चलाना आ जाने के बाद जो एक बड़ा रोमांच होता है वह है हैंडल से हाथ छोड़कर उसे चलाना। इस तरह से साइकिल चलाना इतना महत्वपूर्ण नहीं होता, जितना यह देखना कि ऐसा करते हुए लोग हमें देख रहे हैं। किशोरावस्था में किसी बस या ट्रेन के पायदान पर खड़े होकर यात्रा करना साहस का एक बढ़िया प्रदर्शन समझा जाता है। दरअसल लोगों में यह ललक उस काम को करने की नहीं होती, बल्कि दूसरों की नज़र में आने की होती है।

जीवन में हर कोई उस अवस्था से गुज़रता ही है, जिसमें दूसरों की नज़र में आने और अपनी एक पहचान बनाने के लिए हम कुछ भी कर गुज़रने को तैयार रहते हैं। यह वह समय होता है, जब कोई भी अच्छाई केवल इसलिए अच्छाई लगती है, क्योंकि वह लोगों का ध्यान अकर्षित करती है। और तो और कोई बुराई भी तब इसलिए अच्छाई लगने लगती है कि वह लोगों का ध्यान आकर्षित कर रही होती है। विडंबना तो तब होती है जब कोई अच्छाई भी, बस इसलिए अच्छाई नहीं रह जाती क्योंकि वह लोगों का ध्यान आकर्षित करने में विफल रहती है। दूसरों का ध्यान आकर्षित करना, दूसरों की नज़र में आना - यह अहं की ही ख़ुराक़ है। लेकिन आख़िरकार हमें उस अवस्था से ऊपर उठना चाहिए।

अपने स्वभाव के अनुसार, अहं को पोषण चाहिए और इसीलिए वह सदा इसका भिखारी बना रहता है। अहं के साथ समस्या यह है कि जब तक

आपके अहं का पोषण होता है, तो आप श्रेष्ठता की भावना से ग्रस्त रहते हैं, लेकिन जब आपके अहं का पोषण नहीं किया जाता तो आप हीन भावना से ग्रस्त हो जाते हैं। दोनों ही अवस्थाओं में यह आपकी मानसिक शांति को छीन लेता है।

जब अहं आता है तो बाक़ी सब चला जाता है, और जब अहं चला जाता है तो सब आ जाता है।

अपने अहं को संतुष्ट करने के चक्कर में आप कितने मूल्यवान संबंध खो चुके हैं? आपको जब अपने अहं को दूर करके संबंध को बचाना था, तब आपने संबंध को दूर जाने दिया और अहं को बचा लिया। अहं कभी इस योग्य नहीं होता कि उसके लिए इतनी भारी क्षति सही जाए।

जब आप अपने अहं की सेवा करने में लगे होते हैं, तब कितने ही सुनहरे अवसर गँवा देते हैं? तब हर पल भारी होता है, हर स्थिति दिमाग़ की नसें हिला देने वाली होती है, हर बातचीत तनावपूर्ण होती है... अहं से भरा हृदय हमेशा आग पर चल रहा होता है, जल रहा होता है। अहं और सहजता का मिलन कभी नहीं हो पाता।

अपनी चोंच में माँस का टुकड़ा ले जा रहे एक कौवे ने पाया कि कई चिड़ियाँ उसके पीछे पड़ गई हैं। उसने वह माँस का टुकड़ा छोड़ दिया। तब सारी चिड़ियाँ कौवे को छोड़कर उस टुकड़े के पीछे झपट पड़ीं। तब आकाश में अकेले उड़ते कौवे ने कहा – "उस माँस के टुकड़े को छोड़कर मैंने आकाश की आज़ादी पा ली।"

अपने अहं को छोड़ देने से आपको भरपूर आज़ादी मिल जाती है।

●●●

बिना ख़ुशी के कोई जीवन नहीं होता, बिना असंतोष के विकास नहीं होता, इसलिए ख़ुश रहते हुए असंतुष्ट रहें।

वह हमेशा अपने पिता के अनुशासन की तारीफ़ों के पुल बाँधती रहती थी। अब उसकी शादी हो गई है और वह अपेक्षा करती है कि उसका पति भी उसी तरह अनुशासित रहे, क्योंकि वह इसे एक ज़रूरी गुण मानती है। लेकिन उसका पति अनुशासन के मामले में उसके पैमानों पर खरा नहीं उतर रहा है। इसलिए वह पति से असंतुष्ट रहती है और परिणाम स्वरूप पति भी उससे खिन्न रहता है।

एक पति शिकायत भरे लहज़े में पत्नी से कहता है, "मेरी माँ हमेशा ईमानदार और स्पष्टवादी रही हैं। लेकिन तुम हो कि अपनी बात कभी खुलकर बताती ही नहीं हो।" एक माँ अपनी बेटी को टोकते हुए कहती है, "ज़रा अपने भाई की लिखावट देखो, जैसे मोती टाँक दिए हों, और फिर अपनी लिखावट देखो ज़रा।" नया जनरल मैनेजर बड़बड़ाता है, "अपने पिछले संस्थान में तो हमने ऐसा कभी नहीं किया!" एक एनआरआई भारत के बारे में चीख़ता है, "अमेरिका में ऐसी समस्याओं को नहीं झेलना पड़ता!"

समस्या यह नहीं है कि आप अपेक्षा कर रहे हैं, बल्कि यह है कि इस अपेक्षा का तुलना वाला पैमाना आप हमेशा अपने साथ लेकर चल रहे हैं।

वह अपने पिता को अनुशासन के मामले में 10 में से 10 अंक देती है, लेकिन अपने पति को 4 या 5, और इसीलिए वह उससे असंतुष्ट रहती है। देखिए, पति के स्वभाव, मनोदशा, लालन-पालन और संस्कारों को देखते हुए उसके 5 अंक ही उसका 100 प्रतिशत हैं। वह ऐसा है और

ऐसा ही रहेगा। हो सकता है कि उसमें कोई और गुण ऐसा हो जिसमें वह पूरे 10 अंक ले आए, और उसका पिता उस गुण के मामले में पास होने लायक अंक भी न पा सके। हो सकता है कि पत्नी इतनी स्पष्ट और खुले स्वभाव वाली न हो जितनी उसकी माँ है, लेकिन वह परिवार की आर्थिक स्थिति में अपना निस्वार्थ योगदान तो कर रही है। हो सकता है कि बेटी गायन में बेटे से बहुत आगे हो। आप ही का तो मानना था कि इस संस्थान में प्रगति की संभावनाएँ बहुत अच्छी हैं और इसी कारण आप इसमें आए भी हैं। आप कुछ भी कहें, भारत में कुछ ऐसी समस्याएँ तो बिल्कुल नहीं हैं जो बाक़ी पूरे संसार में फैली हुई हैं।

कोई किसी से सभी मामलों में कमतर नहीं होता और न ही कोई भी सभी मामलों में बेहतरीन होता है। हम सभी में अपने-अपने गुण व दोष हैं। न कोई पूरी तरह दोषरहित है और न ही किसी में बस दोष ही दोष भरे हुए हैं। यदि किसी में कोई विशेष गुण नहीं है तो उस गुण की कमी पर ही अपनी नज़रें न गड़ाए रखें। उसके पूरे व्यक्तित्व से जुड़ना शुरू करें।

फिर भी, इस कहानी में एक मोड़ है। दूसरों से असंतुष्ट होना जहाँ हमें नाख़ुश बनाता है, वहीं अपने आपसे असंतुष्ट रहना हमें अपना विकास करने में सहायक होता है। जब मैं दूसरों को अपनी अपेक्षाओं के पैमाने पर मापता हूँ तो मैं असंतुष्ट हो उठता हूँ और इससे मेरी ख़ुशी प्रभावित होती है। लेकिन, जब मैं ख़ुद को अपनी अपेक्षाओं पर मापता हूँ तो उससे पैदा असंतोष मेरे विकास को आगे बढ़ाने में अपना पूरा बल लगा देता है। जब उत्कृष्टता, निष्ठा, प्रयोजनशीलता, चरित्र, क्षमता इत्यादि में मैं खुद से 10 में से 10 की अपेक्षा करता हूँ तो यह अपेक्षा मुझे बता देती है कि मैं कहाँ खड़ा हूँ और मुझे कहाँ जाने की ज़रूरत है। पूर्णांक व प्राप्तांक में आया अंतराल मेरी बढ़त व बदलाव का उद्देश्य बन जाता है। लेकिन, जब मैं संसार से 10 में से 10 अंकों की माँग करता हूँ तो यह बात संसार के साथ मेरे संबंधों को प्रभावित करती है।

तो, हर मामले में संसार के लिए तो 10 में से 5 अंक और अपने लिए 10 में से 10 अंक ज़रूरी मानकर चलें। ऐसा नहीं है कि संसार कम सक्षम है या आप कोई सुपरमैन हैं, लेकिन चूँकि ख़ुशी के बिना जीवन कोई जीवन नहीं होता, इसलिए संसार को '5' अंक पा जाने पर ही अच्छा मान लें। बिना असंतोष के कोई बढ़त और विकास नहीं होता, इसलिए ख़ुद के लिए 10 में से 10 अंक ज़रूरी मानें। और इस प्रकार ख़ुश रहते हुए असंतुष्ट रहें।

आप जिस प्रकार मुझे प्रेम करते हैं, उससे मैं ख़ुश हूँ। अपनी तरफ़ से, आपको प्रेम करने के मैं ज़्यादा से ज़्यादा रास्ते तलाश करता रहूँगा।

खारे सागर से, गंदे नाले-नालियों से
बदबूदार पोखरों, ठहरे जल की झीलों से...
...जल कहीं से भी भाप बनकर ऊपर जाए,
वह वर्षा बनकर नीचे आता है, और तब
वह शुद्ध पेय जल बन चुका होता है।

इसी तरह इंसान का संपर्क जब
ईश्वर से हो जाता है, तो उसकी
आत्म-शुद्धि हो जाती है।
इंसान के विचार, भावनाएँ और अस्तित्व का
शुद्धिकरण भी तब होता है, जब वह
दिव्य के संपर्क में आता है।

जब प्रार्थना की जाती है,
तभी कृपा मिलती है।

• • •

हर व्यक्ति में एक नया समाज रचने की क्षमता होती है।

जब मैं किसी वृक्ष को देखता हूँ, तब मैं केवल वृक्ष को ही नहीं देख रहा होता हूँ, बल्कि उसके पीछे उसके पूरे इतिहास को महसूस करता हूँ। यह पहले एक बीज रहा होगा, जो हवा के झोंके के साथ उड़ते हुए उस डिब्बे के ऊपर जा गिरा होगा जो जोहांसबर्ग से चेन्नई जाने के लिए जहाज़ पर लाद दिया गया होगा।

धरती माँ लाड़ करके निकम्मा नहीं बनाती, इसलिए उस बीज को पहले बाहर से ज़मीन के भीतर पैठ करनी होगी ताकि उसमें वह अपनी जड़ें जमा सके और फिर भीतर से बाहर फूट सके और इस तरह बाहर अपनी उपस्थिति दर्ज करा सके। जब यह एक नन्हा सा पौधा था तब कोई पशु इसे अपना निवाला बना सकता था या कोई बालक इसे जड़ से उखाड़ सकता था। और फिर सूखा, बाढ़ और कीड़े-मकोड़ों का ख़तरा तो था ही। इसने सबको झेला होगा - समय की परीक्षा को, परिस्थितियों के परीक्षण को - ताकि वह एक विशाल वृक्ष बन सके, जैसा कि वह आज है भी। यह केवल एक वृक्ष नहीं है, बल्कि इतिहास की गहन चेतना है।

वृक्ष के साथ यदि ऐसा है तो फिर मेरे भाई-बिरादरों की क्या स्थिति है? पुरुष से निकले लगभग 70 करोड़ शुक्राणु स्त्री में स्थित डिंब की ओर लपकते हैं, लेकिन उनमें से सबसे स्वस्थ और सबसे तेज़ कोई एक शुक्राणु ही विजय प्राप्त करता है। अपने बिल्कुल शुरुआती समय में भी जीवन केवल सबसे समर्थ का अस्तित्व बनाए रखने में सहायक होता है। इस प्रकार हर व्यक्ति वह विजेता शुक्राणु है, जिसने अपने ही तरीक़े से यह सिद्ध कर दिया है कि वह अपने जैसे 70 करोड़ शुक्राणुओं में

सबसे आगे रहा था। हर व्यक्ति का जन्म ही जीत की प्रक्रिया को ज़रूरी और पूर्व अपेक्षित बना देता है।

इसके बाद गर्भ में विकसित होना, फिर गर्भ से पृथक होने का सदमा, वे विभ्रम, वे चुनौतियाँ, वे विरोधाभास, वे दबाव, वे त्याग-बलिदान, वे समझौते, वे आँसू, और हाँ... वे समाधान भी, वह बढ़ना, वह मौज-मस्ती, वह क्षमता प्रदर्शन, वह पढ़े-पढ़ाए को भुला देना... हर व्यक्ति अपने वैयक्तिक अधिकार के अंतर्गत, कुछ नहीं से कुछ में, और फिर सब कुछ में रूपांतरित होता जाता है। एक इंसान सिर्फ़ एक इंसान नहीं है, बल्कि अपने पूरे वैयक्तिक अधिकार के अंतर्गत वह इतिहास की गहन चेतना है।

कोई नौकरानी जिस शिक्षा से ख़ुद वंचित रह गई थी, उस शिक्षा को अपने बच्चों को देने का प्रयास करके वह अपने तरीक़े से अपने इतिहास की चेतना को प्रदर्शित कर रही है। आप जो देख रहे होते हैं, जो सुन रहे होते हैं, यदि उससे पार और परे देखें तो पाएँगे कि एक ऐसी मानव जाति आपके चारों ओर है, जिसमें हर व्यक्ति अपना ही एक निजी इतिहास अपने साथ लिए घूम रहा है। और वस्तुतः आप भी उनमें से एक हैं।

हर व्यक्ति में एक नया समाज रचने की क्षमता होती है। आपसे आपकी पीढ़ी शुरू होती है और उससे आपका समाज भी। आप अपने इतिहास की चेतना हैं।

ख़ुद को लगी ठेस को भुला देने से ही आपको शांति मिलेगी।

किसी भी व्यक्ति को, किसी भी घटना को, किसी भी अनुभव को यह अधिकार नहीं है कि वह आपके दिमाग़ में आकर बैठ जाए और आपकी मानसिक शांति को भंग करता रहे। किसी भी चीज़ को, किसी भी व्यक्ति को, या किसी को भी इतना अधिक महत्व नहीं दिया जाना चाहिए कि आपकी मानसिक शांति उसके अधिकार में चली जाए। अपनी मानसिक शांति के लिए ऐसी किसी भी चीज़ को, ऐसे किसी भी व्यक्ति को विदा हो जाने दें, जो आपको भीतर से लगातार अशांत कर रहा हो। आपका मन-मस्तिष्क आपकी शांति का आसन होना चाहिए, न कि किसी ऐसी चीज़ या व्यक्ति का आसन, जो आपको अशांत करता रहे। सब कुछ आपकी शांति के लिए हो। जाने देना, विदा कर देना सीखें - शारीरिक रूप से नहीं बल्कि भावनात्मक रूप से। आपको अशांत करने वाले हर तत्व से आज़ाद हो जाएँ। ऐसा कुछ भी हो, उसे जाने दें। ऐसा कोई भी हो, उसे जाने दें। अपनी शांति को सर्वोपरि रखें।

आपका मन या तो महकते फूलों की टोकरी बन सकता है या फिर तेज़ाब रखने का बर्तन। जब आप ख़ुद को लगे आघात के कारण को, ख़ुद को लगी ठेस के कारण को जाने देते हैं, तब आप आंतरिक रूप से फूलों की तरह खिला-खिला महसूस करते हैं। लेकिन यदि आप अपने आघात को पाले रखते हैं तो आप ख़ुद को वैसे ही नष्ट कर रहे होते हैं, जैसे तेज़ाब उस पात्र को नष्ट कर देता है, जो उसे सँभाले होता है।

लोग अपने ही अज्ञान व अपरिपक्वता के चलते आपको ठेस पहुँचाते हैं। और, आप भी अपने अज्ञान व अपरिपक्वता के चलते ही ख़ुद को

ठेस पहुँचने देते हैं। इस मामले में सच्चाई यह है कि जो घृणा करता है, और जिसके प्रति घृणा की जाती है, उनमें से घृणा करने वाला अधिक चोट खाता है। जब आप किसी से घृणा करते हैं, तब उसका तो कुछ नहीं बिगड़ता, लेकिन निश्चय ही, आपकी रातें करवटें बदलते हुए बीत जाती हैं, और यदि इसकी अति हो जाए तो आपको एसिडिटी और अल्सर जैसी समस्याएँ होने लगती हैं। और सबसे बड़ी बात यह है कि आपकी यह घृणा आपको ही शांत नहीं रहने देती। तो ऐसे आघात के साथ जीकर आपको मिलता क्या है? किसी को कुछ नहीं मिलता, और आप तो निश्चित रूप से नुक़सान ही उठाते हैं। जो चीज़ ठेस लगने जितनी निरर्थक हो, आप उसके साथ क्यों जिएँ?

भौतिक रूप से तो लोगों या घटनाओं द्वारा आपको पहुँचाई गई ठेस एक बार ही घटित होती है, लेकिन आप उस घटना की अपने दिमाग़ में फ़िल्म की तरह सैंकड़ों, हज़ारों, बल्कि असंख्य बार घुमा-घुमाकर देखते रहते हैं। जितनी बार आप ऐसा करते हैं, वह चोट, वह ठेस उतनी ही गहराती जाती है। अपनी ही शांति की तुलना में आप अपने भीतर की अशांति के स्रोत को एक ऊँचा आसन दे चुके होते हैं।

अगर कोई ग़लत है भी, तो उसे अपने जीवन से बाहर वैसा ही रहने दीजिए। उसे अपने भीतर उपस्थिति दर्ज न करने दें। अपने मन-मस्तिष्क में केवल उन्हें रहने दें जो आपकी शांति के स्रोत हैं। बाक़ियों को जाने दें...।

ख़ुद को लगी ठेस को भुला देने से ही आपको शांति मिलेगी। आप शांत हैं तो आप सुंदर हैं। अच्छी ख़बर यह है कि आप सुंदर हो सकते हैं। इससे भी अच्छी ख़बर यह है कि ऐसा होना आप ही के हाथ में है। देखिए... 'भुला देने' के विचार से ही आप मुस्कुराने लगे हैं।

आप संसार में अनुसरण करने नहीं, बल्कि नेतृत्व करने आए हैं।

एक चूहा बिल्ली के डर से हमेशा त्रस्त और दुखी रहता था। एक संत को उस पर दया आ गई और उन्होंने उसे बिल्ली बना दिया। अब वह कुत्ते से डरने लगा। इसलिए उस संत ने उसे कुत्ता बना दिया। अब वह आदमी से डरने लगा। तो संत ने उसे आदमी बना दिया। लेकिन आदमी बनने के बाद वह भगवान से डरने लगा। इस पर उस संत ने यह कहते हुए उसे वापस चूहा बना दिया- "तुम्हारे लिए मैं कुछ भी कर दूँ, सब बेकार है, क्योंकि तुम्हारा दिल तो चूहे वाला ही है।"

अधिकांश लोग स्वभाव से ही अनुसरण करने के लिए मजबूर रहते हैं। 'दूसरों के प्रति श्रद्धा रखना', आदर भाव रखना एक अच्छी बात है, लेकिन यही बात तब दुर्बलता बन जाती है, जब यह अधीनता का रूप ले लेती है। पिछलग्गू का अनुसरण कोई नहीं करता। जब आप किसी के प्रति श्रद्धा व आदर का भाव रखते हैं तो आप यह भी विश्वास करके चलते हैं कि आपके जीवन भर वे ऐसे ही रहेंगे, यानी आपसे श्रेष्ठ ही रहेंगे, तब आपने कुल मिलाकर ख़ुद को वास्तव में बहुत कम आँका होता है। आपने अपनी ही संभावनाओं की ओर से आँखें मूँद ली हैं। किसी संस्थान या संगठन के रूप में, किसी व्यक्ति के रूप में भले ही कोई पहली पाली में, दूसरी पाली में, या तेरहवीं पाली में मेरा नेतृत्व कर ले, लेकिन मेरे भीतर यह विश्वास होना चाहिए कि किसी न किसी पाली में मैं उभरकर आगे आऊँगा और उनका नेतृत्व करूँगा जो अभी तक मेरा नेतृत्व करते आए हैं।

हममें से हर कोई अपने बॉस से बेहतर हो सकता है। आज जो हमारे

'जीवन के आदर्श' हैं, हम सभी उनके 'जीवन के आदर्श' बन सकते हैं। जिस व्यक्ति के प्रति हम श्रद्धा व आदर का भाव रखते हैं, जितनी संभावनाएँ उसके लिए खुली हैं, उतनी ही, बल्कि कुछ अधिक ही हमारे लिए भी खुल जाएँगी। जो एक व्यक्ति के लिए संभव है, वह हर किसी के लिए संभव है। जिस काम को कोई एक व्यक्ति कर सकता है, उसे हर कोई कर सकता है।

अनेक लोग अनेक पहलुओं में आपसे बेहतर हो सकते हैं। यह संसार 'एक-गुणी अचरजों' से भरा है। आप हरफ़नमौला व्यक्तित्व बनें। आप पूर्णतावादी नेतृत्व करें। किसी के प्रति आत्मसमर्पण किए बिना, उसका आधिपत्य स्वीकार किए बिना, उसके प्रति श्रद्धा व आदर का भाव रखें।

आप संसार में अनुसरण करने नहीं, बल्कि नेतृत्व करने आए हैं। याद रखें कि जिस शुक्राणु ने नेतृत्व किया था, वह आप ही हैं। एक शुक्राणु के रूप में भी आप पिछलग्गू नहीं रहे थे। उत्तराधिकार में प्राप्त अपने इस गुण को बनाए रखें।

•••

किसी भी क़ीमत पर अपने चरित्र पर डटे रहें।

क्रोध की प्रतिक्रिया में किया गया क्रोध उससे भी बड़ा क्रोध है। बुराई की प्रतिक्रिया में की गई बुराई उससे भी बड़ी बुराई है। ग़लत की प्रतिक्रिया में किया गया ग़लत सही नहीं हो जाता। जीवन में, दो नकारात्मकताएँ मिलकर एक सकारात्मकता नहीं बन जातीं। आँख के बदले आँख और दाँत के बदले दाँत - यह सब हमें कहाँ ले जाएगा?

हम शत्रु के अवगुणों को बड़े ध्यान से देखते हैं, इतने ध्यान से कि आख़िरकार वे हमारे ही अवगुण बन जाते हैं। शत्रु से निपटते-निपटते हम उस शत्रु के जैसे ही हो जाते हैं!

वह ईमानदारी का अवतार था। लेकिन, कभी उसने ख़ुद को एक ऐसी स्थिति में पाया जहाँ उसकी ईमानदारी दूसरों को चोट पहुँचा रही थी। ख़ुद को दूसरों की परेशानी का कारण न बनने देने के लिए उसने झूठ बोलने का सहारा लेना शुरू कर दिया। ईमानदारी के साथ निबाह न कर पाना दूसरों की दुर्बलता थी। लेकिन उसने दूसरों की दुर्बलता का सामना करने के लिए ख़ुद एक दुर्बलता पाल ली है। क्या दुर्बलता के बदले दुर्बलता कोई बेहतर संसार बना सकती है?

वह हमेशा ही सीधे-सादे व्यक्तित्व वाली रही है। कुछ समय से उसे यह संदेह हो रहा है कि उसका पति कोई ऐसा काम कर रहा है, जो उससे छिपा रहा है। इसलिए उसने अपने पति पर नज़र रखनी शुरू कर दी और उसे घेरने के लिए चालाकी भरे हथकंडे अपनाने शुरू कर दिए - ये वे तौर-तरीक़े थे जो उसकी सोच का हिस्सा कभी नहीं रहे। हो सकता

है कि उसका पति कोई ग़लती कर रहा हो। लेकिन पत्नी को लग रहा है कि वह अपने पति की ग़लत हरकतों से निपट रही है, जबकि वह यह नहीं जानती कि वह ख़ुद ऐसे काम कर रही है, जो कभी उसके अपने चरित्र का हिस्सा नहीं थे।

जब कभी आप किसी की ग़लती की ओर संकेत करते हैं तो तत्काल उसका लपकता हुआ जवाब आता है, "मैं ऐसा क्या कर रहा हूँ, जो बाक़ी दुनिया नहीं कर रही है?" कभी भी संसार की दुर्बलताओं का बहाना लेकर अपनी दुर्बलताओं का औचित्य सिद्ध न करें। दुर्योधन से निपटने के लिए दुर्योधन बनने की ज़रूरत नहीं है। सच तो यह है कि अर्जुन बनकर ही दुर्योधन से निपटा जा सकता है।

एक दल के सदस्य ने पूछा, "जो लोग आपके साथ अभद्रता करते हैं, आप उनकी भी प्रशंसा क्यों करते हैं?" तो दल के प्रमुख का उत्तर था, "इसका कारण बड़ा सीधा है, प्रशंसा करना मेरा चरित्र है और अभद्रता करना उसका। मैं दूसरों के चरित्र को अपने चरित्र पर लादना नहीं चाहता।"

हम उन लोगों के साथ भी सभ्य बने रहें, जो हमारे साथ सभ्य नहीं होते। किसी के ओछेपन के कारण अपने चरित्र को भी उसी ओछे स्तर तक लाने का कोई औचित्य नहीं है। बात यह नहीं है कि दूसरे हमारी अच्छाई के, हमारी भलमनसाहत के पात्र हैं या नहीं, बात यह है कि हम अपने हृदय या चरित्र में बुराई को बिठाने के पात्र नहीं हैं।

किसी भी क़ीमत पर अपने चरित्र पर डटे रहें, हर क़ीमत पर!

जीवन कहता है
'मैं कर सकता हूँ।'

मैंने अक्सर देखा है कि दीवार पर चलती चींटियों की पंक्ति को बच्चे शरारत में अपना हाथ लगाकर रोक देते हैं। तब चींटियाँ तुरंत दूसरा रास्ता बना लेती हैं, लेकिन उनका चलना जारी रहता है। यदि बच्चा उस रास्ते को भी रोक देता है, तब भी चींटियाँ सहज भाव से कोई और रास्ता ढूँढ़ लेती हैं और चलती रहती हैं... बच्चा अपने शरारती स्वभाव के चलते अपनी उँगली से कुछ चींटियों को दीवार से गिरा देता है। लेकिन, झट से दोबारा उठकर चल देने के साथ, वे चींटियाँ अपनी चढ़ाई फिर शुरू कर देती हैं। बाधा कोई भी हो, रुकावट कितनी भी कठिन हो, चींटियाँ इस विश्वास के साथ आगे बढ़ती रहती हैं कि **मैं कर सकती हूँ**। और अपने इसी विश्वास के साथ वे मरते दम तक कोशिश करती रहती हैं। संघर्षरत रहती हैं और आगे बढ़ती रहती हैं। **मैं कर सकती हूँ** वाला उनका भाव तभी ख़त्म होता है, जब वे ख़ुद ख़त्म हो जाती हैं।

मैंने देखा है कि फ़्लाइओवर और ओवरब्रिज पर भी क्षमता से ज़्यादा बोझा लादे गाड़ी को बैल खींच ले जाता है। एक समय में एक क़दम रखते हुए, अपने हर क़दम के एक-एक इंच पर भरपूर ज़ोर लगाते हुए वह यह काम कर जाता है। वह आदमी के शोषण का शिकार भले ही हो रहा हो, फिर भी अपने काम को वह कभी मझधार में नहीं छोड़ता। घास की नन्हीं सी पत्ती और नंगी आँखों से न दिखने वाले अति सूक्ष्म जीव भी तमाम विषमताओं के बावजूद अपनी बढ़त इस विश्वास के साथ जारी रखते हैं कि **मैं कर सकता हूँ**। उनका यह आत्मविश्वास तभी

ख़त्म होता है, जब वे ख़ुद ख़त्म होते हैं।

जीवन कहता है **मैं कर सकता हूँ**। मृत्यु कहती है **मैं नहीं कर सकती**।

पृथ्वी पर जितने भी जीव हैं, उनमें केवल मनुष्य ही (जिसे कि सभी जीवों में सर्वोत्कृष्ट माना जाता है) है जो कि मृत्यु की भाषा बोलता है। वह न केवल इसे बोलता है, बल्कि इस पर विश्वास भी करता है और इस पर चलता भी है – **मैं नहीं कर सकता**। अध्ययन बताते हैं कि इसका कारण है कि उसकी 14 वर्ष की आयु तक उसके अभिभावकों, अध्यापकों, और समाज वालों द्वारा उससे औसतन 1,48,000 बार यह बोला जा चुका होता है – **"तुम नहीं कर सकते"**। उसका परिवेश उस पर 1,48,000 बार यह प्रहार कर चुका होता है कि **"तुम नहीं कर सकते"**।

मैं कर सकता हूँ, आप कर सकते हैं, हम कर सकते हैं। मनुष्य को इस मनुष्य से ऊपर उठना होगा। मनुष्य को मृत्यु की भाषा छोड़नी होगी और जीवन की भाषा अपनानी होगी। **मैं नहीं कर सकता** – मैं यह भाषा छोड़ सकता हूँ, बल्कि मुझे यह छोड़नी ही होगी। क्या हुआ यदि 1,48,000 बार मुझे बोला गया है कि **"मैं नहीं कर सकता"**। मानव इतिहास में 1,48,000 से भी अधिक लोग हुए हैं जो मुझे दिखा रहे हैं कि **मैं कर सकता हूँ**। इस विश्वास के प्रति प्रेरित होने के लिए कि **मैं कर सकता हूँ**, मुझमें जीवन की सारी योग्यताएँ मौजूद हैं। मेरे भीतर जीवन की भाषा के स्वर मंत्रोच्चार की तरह धीरे-धीरे ऊँचे उठ रहे हैं... मृत्यु के शब्दों की मृत्यु हो रही है।

हमें ख़ुद पर पूरा विश्वास होना चाहिए। ख़ुद पर विश्वास होना उस परम-प्रज्ञा पर अपना विश्वास जताने का एक तरीक़ा है, जिसने हमें बनाया है।

आप जो बनना चाहते हैं, उसके लिए जो करना ज़रूरी है, वह तो करना ही होगा।

कुछ दिन पहले मैंने एक कॉरपोरेट तमाशा देखा। वहाँ उन नए युवकों के एक दल को नियुक्त किया गया था जिन्होंने मार्केटिंग में अपना एमबीए पूरा किया ही था। उत्पादों के परिचय और विक्रय कौशल के लिए दिए गए दो सप्ताह के कड़े प्रशिक्षण के बाद उन्हें फ़ील्ड में जाने के लिए कहा गया। फ़ील्ड-सेलिंग में जाने के दो दिन बाद ही उनमें से कुछ बड़े ही टूटे मन और टूटे हौसले के साथ वापस आ गए। जब उनसे उनकी इस हताशा का कारण पूछा गया तो कुछ ने बताया, "समझ में नहीं आ रहा है कि बाज़ार में अपनी पैठ करने और सफल होने में हम अभी तक कामयाब क्यों नहीं हो पा रहे हैं।" दो दिन फ़ील्ड में जाने और सफल न हो पाने के लिए इतना बेचैन हो उठना - एक मज़ाक़ ही तो है। मैं इसे कॉरपोरेट तमाशा कहता हूँ क्योंकि या तो कॉरपोरेट के प्रशिक्षण ने, या दो वर्षों के एमबीए के कोर्स ने, या दोनों ने ही ग़लती से उनके कोरे दिमाग़ में 'सरल सफलता' या कहें कि 'सफल होना सरल है' का विश्वास भर दिया है। 'सरल सफलता' या 'सफल होना सरल है' ये शब्द ही अनुचित हैं।

ऐसे अनेक लोगों को देखकर सचमुच दिल दुखता है जो सफल होना तो चाहते हैं, लेकिन उनमें उस सफलता के लिए तैयारी करने की प्रवृत्ति नहीं होती। जीतने के, सफलता पाने के ऐसे रुझान से क्या फ़ायदा, जिसके साथ उसके लिए ज़रूरी तैयारी करने का रुझान ही न हो? सोने का अंडा देने वाली मुर्गी को भी नन्हे चूज़े से वयस्क मुर्गी बनने तक की तैयारी से तो गुज़रना ही पड़ता है। इसमें समय भी लगता है और

श्रम भी। ज़रा अंडे से अभी-अभी निकले चूज़े से तत्काल अंडा पाने की आशा करने की मूर्खता की कल्पना करके देखें!

एक अँगूठा छाप व्यक्ति भी आपको बता सकता है कि मैच खेलने से ठीक पहले सिर्फ़ एक हफ़्ते का अभ्यास करके कोई खिलाड़ी फ़िटनेस स्तर हासिल नहीं कर सकता। फिर भी, जिस देश में क्रिकेट एक धर्म के समान हो गया हो, वहाँ बड़ी-बड़ी प्रतियोगिताओं से ठीक पहले एक सप्ताह का फ़िटनेस शिविर आयोजित करना एक परंपरा सी बन गई है, या यूँ कहें कि यह एक परंपरागत मज़ाक़ दसियों वर्षों से चला आ रहा है। और इसका परिणाम यह है कि क्रिकेट के मैदान में खिलाड़ी कम और 'अंकल' ज़्यादा नज़र आते हैं।

क्या जिम जाने के हफ़्ते भर बाद ही आप कमर की चौड़ाई कम हो जाने की आशा करते हैं? क्या अपने बेटे को विशेष कोचिंग के लिए भेजने के महीने भर बाद ही उसके परीक्षा परिणाम में सुधार न आने से आप अधीर हो उठते हैं? क्या शादी-ब्याह के सलाहकार के दो महीने के प्रयासों के बाद ही अपने विवाह के वांछित परिणाम सामने न आने से आप खिन्न हो उठते हैं? क्या विद्रोही हो उठी अपनी किशोर पुत्री को एक हफ़्ते तक प्यार से समझाने-बुझाने के बाद भी उसके नरम न पड़ने पर आप उत्तेजित हो उठते हैं?

तो, यदि कोई आज बीज बोता है और कल ही उस पर फल आने की आशा करता है तो बेहतर होगा कि वो अपने लिए कोई अन्य ग्रह ढूँढ़ ले। क्योंकि पृथ्वी पर तो ऐसा होना संभव नहीं है। यहाँ तो आप तब तक विजेता नहीं बन सकते जब तक इसके लिए की जाने वाली तैयारी के रुझान द्वारा अपने जीतने के रुझान को निरंतर और दृढ़तापूर्वक प्रोत्साहन नहीं देते रहते। ऐन मौक़े पर की जाने वाली तैयारी नौंवी कक्षा के बाद काम नहीं करती। जीवन में, जीतने की तैयारी ही जीत की पहली शर्त होती है।

इससे पहले कि आप ख़ुद से या किसी अन्य से यह पूछें, 'क्या तुम जीतोगे?' - बेहतर यह होगा कि आप यह पूछें, 'क्या तुम वह सब करने के लिए तैयार हो, जो जीतने के लिए ज़रूरी है?'

महिलाओं के एक क्लब में एक बहुत बढ़िया पियानो वादन कार्यक्रम के बाद एक प्रशंसक उस पियानो वादक महिला के पास पहुँची और बोली, "यदि मैं इतना बढ़िया पियानो बजा पाऊँ तो इसके लिए मैं कुछ भी देने को तैयार हूँ।" उस संगीतज्ञ महिला ने उत्तर दिया, "बहुत से लोग हैं, जो ये कहते तो हैं कि जो वे बनना चाहते हैं, उसके लिए कुछ भी देने को तैयार हैं, लेकिन असल में वे दे नहीं सकते। आप बैठकर अभ्यास नहीं कर सकतीं - कई-कई घंटे, कई-कई दिन, कई-कई साल!"

आप जो बनना चाहते हैं, उसके लिए जो करना ज़रूरी है, वह तो करना ही होगा।

जब आप पहली बार रोए थे तब वह एक
ऐसी आवाज़ थी जो संसार ने
पहले कभी नहीं सुनी थी।
आपकी पहली मुस्कान के साथ एक नई
अर्धचंद्राकार रेखा बनी थी,
जो ज्यामिति में एक नया योगदान थी।

जब आपका जन्म हुआ था, तब आप
इस संसार को उपहार स्वरूप दिए गए थे,
और यह संसार आपको
उपहार स्वरूप दिया गया था।
इसलिए आपका जन्मदिन आपके लिए
महानतम दिन है। यदि आप
अच्छी तरह जिए तो संसार के लिए भी
यह एक महान दिन होगा।

• • •

महान लोग विचारों की चर्चा करते हैं, औसत लोग घटनाओं की और मामूली लोग लोगों की चर्चा करते हैं।

इस सभ्य संसार की सबसे असभ्य गतिविधि है : गप्पबाज़ी करना, यानी बेमतलब और बेमक़सद ढंग से बतियाते रहना। और तो और, बड़े-बड़े शिक्षित और तथाकथित संभ्रांत लोग भी इसी में लगे रहते हैं। गप्पबाज़ी एक निष्ठुर क़िस्म का मनोरंजन है। इसमें, जीभ और बुद्धि को खुली छूट दे दी जाती है। अधिकांश अवसरों पर तो यह गप्पबाज़ी अश्लीलता पर उतर आती है।

वास्तव में, लोग वैसे तो कोई समुदाय, कोई संस्था या क्लब बनाने के उद्देश्य से साथ मिल बैठते हैं लेकिन गप्पबाज़ी उनकी बैठकों की जीवन रेखा हो जाती है। इकट्ठा मिल बैठने वाले इन लोगों का प्रमुख और प्रिय विषय होता है, उन लोगों के बारे में बातें करना जो वहाँ उपस्थित नहीं हैं। गप्पबाज़ व्यक्ति पर कभी भी भरोसा न करें। जब आप उसके सामने से चले जाते हैं, तो वह आपके बारे में बेकार की बातें करना शुरू कर देता है। हर गप्पबाज़ किसी दूसरे गप्पबाज़ के बारे में बातें करता रहता है और यह सार्वभौमिक सत्य है।

ढोंगी यानी बनावटी बातें बनाने वाला वह व्यक्ति जो आपके सामने तो मीठी-मीठी बातें करता है, लेकिन आपके पीठ पीछे आपकी बुराई करता है। अपनी इन गप्पबाज़ी के दौरान हम बड़ी बेशर्मी से लोगों की छवि बिगाड़ डालते हैं - इस बात की ज़रा भी परवाह किए बिना कि हमारे ऐसा करने से उसके जीवन पर कितना बुरा प्रभाव पड़ सकता है। यदि ये गप्पबाज़ भावनात्मक रूप से आहत व दुखी लोगों को अपना 'न्यूज़

आइटम' बनाने के बजाय उन्हें नैतिक समर्थन व प्रोत्साहन देने का मार्ग अपनाएँ, तो लाखों जीवन बचाए जा सकते हैं।

गप्पबाज़ी यानी आधी-अधूरी व अपुष्ट जानकारी के आधार पर किसी नतीजे पर पहुँच जाना और फिर उस पर अपनी टिप्पणी करना। लेकिन हर गप्पबाज़ अंततः अपनी लत का शिकार ख़ुद ही हो जाता है। वह दूसरों के बारे में बहुत सचेत हो जाता है और उसका मन इसी उधेड़-बुन में लगा रहता है कि "लोग उसके बारे में क्या कह रहे हैं?" दूसरों के गुण-दोष की समीक्षा न करें, इससे आपके गुण-दोषों की समीक्षा भी नहीं की जाएगी। इस बात का उल्टा भी सच है - यदि आप दूसरों के गुण-दोष की समीक्षा करते फिरेंगे तो फिर आपके गुण-दोष की भी समीक्षा की जाएगी। गप्पबाज़ असल में दूसरों के नज़रिए को संतुष्ट करने के लिए जीते हैं।

उत्सुकता और जिज्ञासा मानव के विकास के मूल कारक रहे हैं। ज्ञान की यह प्यास जब जीवन के किसी उच्चतर सत्य को जानने की ओर मोड़ दी जाती है, तब यह विकास का कारक बन जाती है। लेकिन, इसी प्यास को जब हम गप्पबाज़ वाली जानकारी के लिए बढ़ाने लगते हैं, तो यह हमारी भारी भूल बन जाती है। अरस्तु, फ्रायड, जे. कृष्णमूर्ति और हम - जानने की ललक सभी में एक सी ही है। वे भी यदि गप्पबाज़ होते तो हम जैसे ही रह जाते। हम यदि गप्पबाज़ी बंद कर दें तो उन जैसे हो सकते हैं।

बिल्लियों के बीच एक शेर का क्या काम? अगली बार जब आपके आस-पास बैठे लोग ऐसी गप्पबाज़ी करना शुरू करें तो आप वहाँ से उठें और चले जाएँ। जो उपस्थित नहीं हैं उनके बारे में कुछ कहने व सुनने से इंकार कर दें। हम अपने आमोद-प्रमोद के लिए दूसरों के दिलों को बलि का बकरा न बनाएँ।

महान लोग विचारों की चर्चा करते हैं, औसत लोग घटनाओं की और मामूली लोग लोगों की चर्चा करते हैं।

उचित संवाद संबंधों में सहायक होता है, अनुचित संवाद संबंधों के लिए घातक होता है।

"मैं आपको स्पष्ट बता दूँ..."

"मैं तो मुँहफट आदमी हूँ। मुझे जो कहना होता है, वो मैं मुँह पर ही कह देता हूँ..."

"लेकिन लोगों को मेरी स्पष्टवादिता हज़म नहीं होती..."

संवाद के बारे में ये कुछ वाक्य हैं जो आप प्रतिदिन सुनते रहते हैं। विडंबना यह है कि इन तथाकथित स्पष्टवादियों में से कोई भी यह क़तई सहन नहीं कर पाता कि कोई और उनके बारे में उनके मुँह पर स्पष्ट ढंग से बोल रहा है। जब वे ख़ुद ऐसा करते हैं तो इसे अपनी स्पष्टवादिता का नाम दे देते हैं, लेकिन जब यही काम कोई और करता है तो इसे वे हेकड़ी, घमंड और घटियापन की संज्ञा देते हैं।

सीधे और सरल तथ्य भी जब बिल्कुल स्पष्ट रूप से कह दिए जाते हैं, तो हमारे लिए उन्हें स्वीकार कर पाना आसान नहीं होता। तो फिर दूसरे लोग भला हमारी स्पष्टवादिता को कैसे सहन कर सकते हैं - जो कि तथ्य न होकर केवल हमारी राय ही होती है?

सच बात तो यह है कि स्पष्टवादिता अपने आपमें कोई समस्या नहीं होती, यह तो हमारा बिना सोचे-समझे अपनाया गया मुँहफट रवैया है, जिसके साथ इस स्पष्टवादिता को परोसा जाता है, और यही बात समस्या

बन जाती है। इंसान मूल रूप से भावुक होता है, तार्किक नहीं। हमारी स्पष्टवादिता में कोई तर्क हो सकता है (एक सशक्त **संभावना**), लेकिन बिना सोचे-समझे जिस मुँहफट ढंग से बात कह दी जाती है, वह दूसरे को भावनात्मक रूप से अशांत और उत्तेजित कर देती है। एक आहत मस्तिष्क समझने की, सूझ-बूझ की क्षमता को कुंठित कर देता है।

यदि कभी आपको कोई तीर आकर लगे तो क्या आप उसका, उस पर लगी सारी सामग्री का विश्लेषण करने बैठ जाएँगे, जिससे वह तीर बना है? जब शब्द किसी कोमल हृदय को चोट पहुँचाते हैं, तो इस बात की ओर ध्यान नहीं जाता कि उन शब्दों का अर्थ क्या है।

बात केवल यह नहीं है कि आप खाने को पकाते कैसे हैं, बल्कि यह भी है कि आप उसे कैसे परोसते व खिलाते हैं – इससे बहुत फ़र्क़ पड़ता है। कोई संवाद तभी सार्थक होता है, जब इसके चारों तत्वों का समावेश कर दिया गया हो : आप क्या कहते हैं, कैसे कहते हैं, कब कहते हैं और कब कहना बंद करते हैं।

सीधे शब्दों में, उचित संवाद संबंधों में सहायक होता है, अनुचित संवाद संबंधों के लिए घातक होता है।

निस्वार्थ होकर किया गया कोई भी कार्य ईश्वरीय कार्य बन जाता है।

संसार में इतनी उदासीनता क्यों है? दुखी लोगों को देखकर भी उन्हें अनदेखा कर देना क्या हमें बड़ा आसान नहीं लगता? संसार के आँसुओं के साथ अपना कोई सरोकार या दायित्व महसूस न करना हमें सबसे आसान तरीक़ा लगता है। आतंकवाद है, तो हो। भूख से मरते लोग हैं, तो हों। मेरी नौकरानी के बच्चे फटे कपड़ों में रह रहे हैं, तो रहें। मेरे ड्राइवर के बच्चे स्कूल नहीं जा पाते, तो न जाएँ। यह तो उनका भाग्य है, मैं उनका भाग्य विधाता थोड़े ही बन सकता हूँ। दूसरों के दुख-दर्द के पचड़े में पड़ना क्या परेशानी का कारण नहीं बन जाता? वह अपना सलीब ढो रहा है, यह उसका अपना सिरदर्द है। उफ़, कितनी उदासीनता है! जब तक मेरा जीवन ठीक-ठाक चल रहा है, मुझे खाने को व्यंजन मिल रहे हैं, मेरा एक परिवार है, जिसके साथ और जिसके लिए मैं जी रहा हूँ, भविष्य की पूर्ति के लिए मेरे पास काफ़ी कुछ है, तब तक मेरे पड़ोसी पर क्या बीत रही है, उसकी गुज़र-बसर कैसे हो रही है, इससे मुझे क्या मतलब है?

उदासीनता क्रोध से भी बुरी होती है, घृणा से भी क्रूर होती है और बदले से भी बदतर होती है। क्रोध, घृणा और बदले के आवेग में दूसरों के लिए कोई तो भावना होती ही है, लेकिन उदासीनता तो दूसरे का होना या न होना बराबर कर देती है। उदासीनता दूसरों के प्रति आपकी भावनाओं को सुन्न कर देती है। इस अर्थ में उदासीनता न केवल पाप है, बल्कि सज़ा भी है।

जो बेचारा सबसे कमज़ोर है, उसके प्रति कुछ महसूस करना हमें सीखना

चाहिए। दूसरों की आँखों में यदि हमें आँसू दिखें तो हमारी आँखों में कुछ तो नमी आनी चाहिए। हमें उदासीनता को तिलांजली दे देनी चाहिए। हमें ख़ुद में बदलाव लाना शुरू कर देना चाहिए। हम एक भूमिका निभा सकते हैं। हम एक बड़ी भूमिका निभा सकते हैं। जीवन ने जिनका साथ छोड़ दिया है, हम तो उनका साथ न छोड़ें। हालाँकि ऐसा सोचना कि हम हर एक आँख का हर एक आँसू पोंछ डालेंगे, ये हमारे बूते की बात नहीं है, लेकिन जब तक संसार में आँसू बाक़ी हैं और हममें साँसें बाक़ी हैं, हम ऐसा करते रहना जारी तो रख ही सकते हैं।

मैं इससे परिभाषित नहीं होता हूँ कि मैं क्या हूँ, बल्कि इससे होता हूँ कि मैं किसका प्रतिनिधित्व करता हूँ। साधारण लोग भी असीम संभावनाएँ प्रकट कर देते हैं, जब वे अपने से महान किसी लक्ष्य के साथ तादात्म्य स्थापित कर लेते हैं। कोई भी कार्य जिसमें कोई दूसरा मुझसे आगे होता है, वही कार्य मेरे भीतर से एक विराट व्यक्तित्व को प्रकट कर देता है। निस्वार्थ होकर किया गया कोई भी कार्य ईश्वरीय कार्य बन जाता है। कोई वकील, कोई स्कूल शिक्षक, कोई पत्रकार, कोई बढ़ई एक महान उदाहरण तभी बन पाए जब उन्होंने अपने से महान किसी लक्ष्य के साथ तादात्म्य स्थापित कर लिया।

हृदय का प्रयोजन दूसरे हृदय से जुड़ना है। आइए, हम फिर से महसूस करना शुरू करें... बिल्कुल नए सिरे से... जब आप सृष्टि को महसूस करना शुरू करते हैं, तो सृष्टा आपको महसूस करने लगता है।

• • •

आपको वह नहीं मिलता जो आप चाहते हैं, बल्कि वही मिलता है जिसके आप योग्य हैं।

एक इतालवी कहावत है, "ईश्वर करे कि आपके दुख उतने ही अल्पायु रहें, जितने कि आपके नव वर्ष के संकल्प होते हैं।" हर कोई स्वस्थ रहना चाहता है, लेकिन क्या हर कोई इसकी पात्रता रखता है? हर कोई सफल होना चाहता है, लेकिन क्या हर कोई इसकी पात्रता रखता है?

आपको जीवन में वह नहीं मिलता, जो आप चाहते हैं, बल्कि वही मिलता है, जिसके आप योग्य हैं। तो आप अपनी इच्छा को पात्रता में कैसे बदलें? इच्छा के साथ जब 'निरंतर निर्देशित स्व-प्रेरित प्रयास' जुड़ जाता है, तब वह पात्रता बन जाती है।

निष्क्रियता भी एक क्रिया ही है। थॉमस एडीसन ने कहा है, "प्रतिभावान होने में 1 प्रतिशत प्रेरणा और 99 प्रतिशत प्रयास होता है।" मेरे एक मित्र ने एक बार टिप्पणी की थी, "यदि मैं उतना बुद्धिमान नहीं हूँ, जितने कि अन्य लोग हैं तो मैं इसमें कुछ नहीं कर सकता - यह तो ईश्वर की ग़लती है। मैं यदि भावनात्मक रूप से उतना दृढ़ नहीं हूँ, तो भी मैं क्या कर सकता हूँ, यह तो मेरे लालन-पालन में हुई ग़लती है। लेकिन यदि मैं अन्य लोगों से ज़्यादा प्रयास नहीं करता हूँ तो इसमें कोई बहाना नहीं चलेगा, क्योंकि यह तो मेरी ही ग़लती है।"

नव वर्ष में लिए गए संकल्प कभी फ़रवरी का मुँह भी नहीं देख पाते। सफलता के रहस्यों में से एक रहस्य है कि हम 'सेल्फ़ स्टार्टर' बनें, न कि 'किक स्टार्टर'। केवल स्व-प्रेरणा ही उस प्रेरणा को बनाए रखती

है। चिंगारी अपने भीतर से फूटनी चाहिए।

पीटर ड्रकर का कहना है, "इससे अधिक निरर्थक कुछ और नहीं है कि उस कार्य को बड़ी कुशलतापूर्वक किया जाए, जिसे किया ही नहीं जाना चाहिए था।" दिशा को समझे बिना किए गए स्व-प्रेरणा के कार्य करना तो अपने प्रयासों को बर्बाद करना ही है। किसी सीढ़ी पर ऊपर तक चढ़ जाने के बाद यह समझ में आना कि वह सीढ़ी तो एक ग़लत दीवार के सहारे खड़ी हुई है – इसमें कौन सी समझदारी है? समय और श्रम का अलग से कोई उपयोग नहीं किया जा सकता। ये तो इसी संदर्भ में काम आते हैं कि आप जीवन से क्या पाना चाहते हैं और जीवन में कहाँ पहुँचना चाहते हैं। बिना किसी दिशा के किया गया कोई भी कार्य केवल एक बदलाव बनकर रह जाता है, लेकिन किसी दिशा में किया गया कार्य प्रगति बन जाता है।

कभी किसी विशेष अवसर पर किया हुआ या संयोग से हुआ कोई महान कार्य तो कोई भी कर सकता है। लेकिन सचमुच महान वे लोग होते हैं जो महानता के कार्य सदैव करते रहते हैं। आप उन चीज़ों के लिए याद नहीं किए जाएँगे, जिन्हें आपने एक-दो बार किया हो, बल्कि उनके लिए किए जाएँगे, जो आप हमेशा करते हैं और करते रहे हैं।

'आपको वह नहीं मिलता जो आप चाहते हैं, बल्कि वही मिलता है जिसके आप योग्य हैं' – यह ईश्वर का विधान है, इसे होने दें। आप अपना विधान बनाएँ, 'अपना निरंतर निर्देशित स्व-प्रेरित प्रयास करते हुए मैं यह सुनिश्चित करूँगा कि मैं जीवन में सर्वोत्तम और केवल सर्वोत्तम पाने का ही पात्र हूँ।'

जिस सत्य का आप प्रतिरोध करते हैं, वह आपके लिए कुरुक्षेत्र बन जाता है।

जीवन को जब ईमानदारी से जिया जाता है, तो वह अपनी तकलीफ़ों का इलाज ख़ुद ही कर लेता है। जिस सत्य का आप प्रतिरोध करते हैं, वह आपके लिए कुरुक्षेत्र बन जाता है।

अपनी वॉशिंग मशीन में आपने कपड़े डाल दिए थे और मशीन अब अपना काम पूरा कर चुकी है। अब कपड़ों को सुखाने के लिए बाहर निकालना होगा। कपड़े जितनी देर मशीन में पड़े रहेंगे, उनमें उतनी ही दुर्गंध बढ़ती जाएगी। यदि आप उन्हें कुछ दिनों तक न निकालें तो वह दुर्गंध असहनीय हो जाएगी। यही बात हमारे विचारों और भावनाओं पर भी लागू होती है। हम बिना संवाद किए जितने अधिक विचार बनाते जाएँगे, हम बिना प्रकट किए जितनी अधिक भावनाएँ महसूस करते जाएँगे, उतना ही बड़ा अंतराल हमारे संबंधों में आता चला जाएगा। कब तक आप कूड़ा-करकट और धूल-मिट्टी को बुहारकर कालीन के नीचे सरकाते जाएँगे। कभी न कभी तो उसे बाहर आना ही है, और जिस दिन वह बाहर आएगा तो इतनी बड़ी गंदगी बन चुका होगा कि आप कल्पना भी नहीं कर सकते।

विचार तो बने लेकिन व्यक्त नहीं किए गए, भावनाएँ तो महसूस कीं, लेकिन प्रकट नहीं की गईं, तो यह एक अपूर्ण चक्र होता है। और यह अपूर्ण चक्र आपके अवचेतन में हमेशा जीवित रहता है। इसे यदि अलंकारिक भाषा में कहें तो ठहरा हुआ वह अपूर्ण चक्र चश्मे में आई खरोंच की तरह होता है - जिसमें से देखी गई हर चीज़ खरोंच युक्त दिखाई देती है। विडंबना यह होती है कि वह खरोंच उस चीज़ में नहीं होती बल्कि उस माध्यम में होती है, जिसमें से हम उस चीज़ को देख

रहे होते हैं। जो भी हो, यह दृश्य को अस्पष्ट कर देता है।

जब आप अपने विचारों को तत्काल व्यक्त नहीं करते हैं, अपनी भावनाओं को तत्काल प्रकट नहीं करते हैं, तो आप उन्हें विकृत करने लगते हैं। अपनी दबी हुई भावनाओं को शांत व पोषित करने के लिए आप सत्य की अतिशयोक्ति करने लगते हैं या फिर उस पर कैंची चलाने की ओर प्रवृत्त हो जाते हैं। जब आप उसका सामना नहीं कर पाते तो आप उसे नकारने लगते हैं। जिसे आप स्वीकार नहीं करते हैं, उसके बारे में आप परवाह न करने का स्वांग भरते हैं। जहाँ तक हमारे अपूर्ण चक्रों की बात है, लगता है कि समय इनमें हम सभी को झूठा बना देता है।

भावनात्मक स्वास्थ्य का रहस्य है कि जिसने आपको आहत किया है, ठेस पहुँचाई है, उसे बता दें कि उसने आपको आहत किया है। अथवा, ये अपूर्ण चक्र भविष्य में कभी न कभी फिर आपके सामने आएँगे और आपके अच्छे दिनों व समय को बर्बाद करने लगेंगे। भावनात्मक स्मृतियों का भार वर्तमान पर लद जाता है। वर्तमान की कोई न कोई चीज़, किसी न किसी आधी-अधूरी दबी भावना की याद दिला ही देती है और पुराने घावों को ताज़ा कर जाती है। फिर से ताज़ा हो उठी ये भावनाएँ आपको एक ऐसे व्यवहार की ओर ले जाती हैं, जो शायद आपके जीवन के वर्तमान संदर्भ में बिल्कुल अप्रासंगिक हों। फिर भी ध्यान देने वाली बात यह है कि बार-बार सतह पर आ जाने वाली अतीत की ये भावनाएँ समापन व समाधान पाने के लिए आती हैं, आपको कोई सज़ा देने के लिए नहीं। भावनात्मक तनाव अपने विचारों को पूरी तरह व्यक्त न करने व अपनी भावनाओं को पूरी तरह प्रकट न करने से ही आता है। भावनात्मक रोग तो दरअसल भावनाओं के भंडारण की बीमारी है।

अगर आपका कहना यह है, "यदि मैं ईमानदारी से अपने सभी विचारों और सारी भावनाओं को व्यक्त कर दूँगा तो वो व्यक्ति आहत हो जाएगा, जो मेरे लिए बहुत महत्त्वपूर्ण है।" तो मेरा कहना है, "यदि आप अपने इन विचारों और भावनाओं को व्यक्त नहीं करेंगे, तो आख़िरकार आप

संबंधों को ही आहत कर देंगे।"

हमें सत्य का सामना करना सीखना होगा - यदि वह आहत करता है, तब भी। जो लोग हमारे लिए बहुत महत्वपूर्ण हैं, उन्हें भी सत्य का सामना करना सीखना होगा - यदि वह सत्य उन्हें आहत करता है, तो भी। अपने विचार और भावनाएँ उस व्यक्ति के सामने सीधे-सीधे व्यक्त कर दें, जिसने उन्हें उकसाया हो। इस बारे में तत्परता बरतें। किसी सही या आदर्श स्थिति के आने का इंतज़ार न करें। सहज रहें। अपनी शिकायत सामने रखें और फिर बात को जाने दें। उसे बढ़ा-चढ़ाकर न बताएँ, ग़लतियाँ गिनाने में ही न लगे रहें और पीछे न पड़ जाएँ। यदि वह व्यक्ति आपकी बात समझ जाता है और आपसे सहमत हो जाता है, तो आप सफल हो गए, लेकिन यदि ऐसा नहीं होता है तो आप समझ जाएँ कि आप कैसे व्यक्ति के सामने अपनी बात रख रहे हैं। फिर जो है उसे स्वीकार करें। क्षमा कर दें। ख़ुद को लगे आघात को भुला दें और आगे बढ़ जाएँ... आपको कुछ भी साबित नहीं करना है।

यदि हम समाधान नहीं बन सकते, तो
कम से कम सांत्वना तो बन ही सकते हैं।
यदि हम सहायता नहीं कर सकते, तो
कम से कम नुक़सान पहुँचाने से तो
बच ही सकते हैं। यदि हम समस्या का
निवारण नहीं कर सकते, तो कम से कम
उसका कारण तो न बनें।
यदि हम गति को बढ़ा नहीं सकते, तो
कम से कम गति अवरोधक तो न बनें।

किसी व्यथित व्यक्ति के लिए सिरदर्द का
कारण बनने के बजाय यदि आप उसके लिए
ठंडक पहुँचाने वाला मरहम बन सकें
तो संसार आपको सिर-आँखों पर बिठाएगा।

अपनी कथनी और करनी में करुणा रखते हुए
हर एक को उसका हल तलाशने में
सहायता करें, तो संसार आपका हो जाएगा।

शांति का द्वार केवल विश्वास की चाबी से खुलता है।

यह विचार किए बिना कि कल आपके साथ क्या हुआ था, यह विचार किए बिना कि आपने संसार के साथ क्या किया या यह कि संसार ने आपके साथ क्या किया - ऐसी कोई भी बात सोचे बिना, हर सुबह आपको इस संसार पर फिर से विश्वास करते हुए उठना होगा। मैं जानता हूँ कि यह कहना तो आसान है पर करना मुश्किल, लेकिन आपके पास और कोई चारा भी तो नहीं है - कोई दूसरा हल है ही नहीं - क्योंकि आपकी शांति इसी विश्वास के साथ घनिष्ठता से जुड़ी हुई है। इसके बिना कोई शांति हो ही नहीं सकती। अविश्वास आपको परेशान रख सकता है।

आपने हज़ारों बार सार्वजनिक वाहन से यात्रा की है, लेकिन आपकी जेब शायद एक या दो बार ही कटी होगी। जब आप संसार पर विश्वास नहीं करते हैं और थोड़ी-थोड़ी देर में टटोलकर देखते रहते हैं कि आपकी जेब सही-सलामत है या नहीं, कोई न कोई शातिर जेबकतरा कभी न कभी आपको मात दे जाएगा और आपकी जेब पर हाथ साफ़ कर ही जाएगा। लेकिन यदि आप शांत रहते तो आप शांति के हज़ारों पल नहीं गँवाते। जो आँखें हर सहयात्री को चोर समझती हैं, वे आपकी शांति पर डाका डालती रहती हैं, जबकि संसार पर विश्वास रखने से आपकी हर यात्रा एक शांतिपूर्ण यात्रा साबित होती है। बुद्धिमान बनें, बुद्धिहीन नहीं।

हो सकता है कि एक नाथूराम गोडसे अपने काम में सफल हो गया हो, लेकिन हर एक को संभावित गोडसे के रूप में संदेह से देखना आपको लाखों गांधीवादी जनों से वंचित कर जाएगा। यह समय और मेहनत की बर्बादी है। हर किसी पर ओसामा जैसा संदेह करने पर आप हर नेक दिल पर

संदेह कर रहे होंगे। यह समय और मेहनत की बर्बादी है।

हो सकता है कि किसी एक कर्मचारी ने आपको धोखा दिया हो, लेकिन बाक़ियों पर विश्वास रखें। हो सकता है कि किसी महत्वपूर्ण संबंध में आपकी भलमनसाहत को आपकी कमज़ोरी समझ लिया गया हो, आपके विश्वास का फ़ायदा उठाया गया हो, लेकिन अगली सुबह उठें तो वही विश्वास फिर रखें। मैं आपको भोला-भाला लग सकता हूँ, लेकिन मैं आपको शांति का द्वार दिखा रहा हूँ और वह केवल विश्वास की चाबी से ही खुलता है।

आपको जिस चीज़ की तलाश रहती है वह है शांति। तो, आपके पिछले कल में भले ही आप ठगे गए हों, फिर भी आपके सामने इसके सिवा कोई और चारा नहीं है कि जब आप आने वाले कल में उठें तो इस संसार पर वही विश्वास फिर क़ायम करें। मुझे जब-जब ठगा गया, धोखा दिया गया, नुक़सान पहुँचाया गया, मैंने हर बार ख़ुद से यही कहा, "ईश्वर का धन्यवाद है कि मैं ठगा गया, लेकिन मैं ख़ुद ठग नहीं बना; मुझे धोखा दिया गया, लेकिन मैं धोखेबाज़ नहीं बना; मुझे नुक़सान पहुँचाया गया, लेकिन मैंने नुक़सान नहीं पहुँचाया। बुराई मेरे साथ भले ही हो, लेकिन मैं कभी बुरा न बनूँ।"

हर सुबह इस विश्वास के साथ उठें कि संसार आज से फिर विश्वसनीय होगा। संसार हज़ार बार हमारे विश्वास पर खरा उतरता है तो कभी-कभार इसे खोटा भी होने दें। विषमताएँ आश्चर्यजनक रूप से हमारे हित में जाती हैं। अपने हृदय को विश्वास की दिशा में मुड़ने दें।

शांति का रास्ता केवल एक ही है - विश्वास!

अपने आज को परिपक्वता से देखेंगे तो भविष्य आपका स्वागत करेगा...

एक व्यक्ति अपनी पत्नी और अपनी माँ के साथ अच्छे संबंध बनाए रखने के लिए उन्हें अलग-अलग ढंग से निबाहता है। किसी त्रिकोण के बनने के लिए दो भुजाएँ काफ़ी नहीं होतीं। बहू और सास जब तक संबंधों को अच्छी तरह नहीं निबाहतीं, तब तक परिवार का त्रिकोण पूरा नहीं होता। (क्या आप सोच रहे हैं कि ससुर का ज़िक्र तो आया ही नहीं... कुछ भी हो, इतिहास तो यही बताता है कि परिवार के इस नाटक में वह शायद ही हिस्सा लेता हो!) मैंने हर बार पत्नी पक्ष की कथा सुनी है, और सास पक्ष की कथा भी सुनी है, और सबसे विचित्र बात यह है कि इन दोनों के बीच फँसे पति की कथा बिल्कुल भिन्न होती है... लेकिन एक बात सबमें एक जैसी होती है - 'मैं सही हूँ, दूसरा ग़लत है। मेरी इस बात का समर्थन करो।'

देश भर से आए 50 सीईओ के लिए 'ऑर्गनाइज़ेशनल लीडरशिप' विषय पर मैंने तीन दिवसीय कार्यक्रम का आयोजन किया था। उसमें भाग लेने वालों के अधिकांश प्रश्न उनके कर्मचारियों की मूल प्रवृत्तियों तथा उनकी कार्य संबंधी नैतिकता पर उठाए गए थे। उसके बाद मैंने सेल्स के 300 कर्मचारियों का एक दिवसीय सेमिनार आयोजित किया। उसमें भाग लेने वालों से हुई सीधी-सीधी बातचीत में अनेक ने अपनी संस्था के दृष्टिकोण और नीतियों को लेकर अपनी नाख़ुशी ज़ाहिर की। इन दोनों मामलों में भी वही बात एक जैसी थी - 'मैं सही हूँ, दूसरा ग़लत है, मेरी इस बात का समर्थन करो।'

मैं अपने बेटे को स्कूल से लाने के लिए स्कूल के बाहर इंतज़ार करता

हूँ। यह सिलसिला कई वर्षों से चल रहा है। वहाँ खड़े अन्य अभिभावकों को मैं लगातार यह कहते सुनता आया हूँ कि स्कूल के दृष्टिकोण से वे क्यों सहमत नहीं हैं या कि अमुक शिक्षक ठीक क्यों नहीं हैं। स्कूल द्वारा आयोजित अभिभावक-अध्यापक बैठकों में मैंने दोनों को व्यक्तिगत रूप से सुना है – क्यों अभिभावकों को अमुक बात की अपेक्षा नहीं करनी चाहिए, क्यों अभिभावकों के अमुक दृष्टिकोण से वे सहमत नहीं हैं, इत्यादि। जो भी हो, एक कारक दोनों ओर समान रहा है – 'मैं सही हूँ, दूसरा ग़लत है, और किसी को इसका समर्थन करने की ज़रूरत भी नहीं है, हम यह बात जानते हैं।'

दुर्भाग्य से, जीवन सही और ग़लत से नहीं चलता। यह तो परिपक्वता से चलता है। कई बार यह महत्वपूर्ण नहीं होता कि कौन सही है और कौन ग़लत, बल्कि वास्तव में एक ऐसे परिपक्व मन-मस्तिष्क की ज़रूरत होती है, जो भिन्नताओं को जीवन के विभिन्न रंगों की तरह स्वीकार कर सके और स्थिति को सँभाल सके।

यदि आपकी सास आपकी हर बात की शिकायत ही करती रहती हैं तो यह उनका स्वभाव है। यदि आपकी बहू आपकी हर बात की आलोचना ही करती रहती है तो यह उसकी सीमित सोच है। आपकी माँ और आपकी पत्नी यदि कलह-क्लेश करने पर तुली हुई हैं, तो यह एक ऐसी स्थिति है जिसे आपको ही सँभालना है। आपको कुछ निर्णय लेने पड़ेंगे और अपने कुछ दृष्टिकोणों पर जमे रहना होगा। कोप-भवन में जा बैठने, निंदा-आलोचना करने, और रोने-धोने से परिस्थितियाँ नहीं बदलती हैं। परिवार में समस्याएँ इसलिए नहीं बनी रहती हैं कि उसमें कई लोग सम्मिलित रहते हैं, बल्कि इसलिए कि उसमें कई अपरिपक्व लोग सम्मिलित रहते हैं। यदि वहाँ एक भी व्यक्ति परिपक्व सोच वाला हो तो स्थिति को सँभाला जा सकता है और सामंजस्य व समन्वय स्थापित किया जा सकता है। आप यदि किसी संस्थान में एक कर्मचारी हैं, तो उसके नियमों और व्यवस्था के अनुसार ख़ुद को बेहतर बनाने के तरीक़े तलाश करें या फिर ऐसी संस्था या

संगठन को तलाशें जो आपके तौर-तरीक़ों के अनुसार काम करता हो।

अधिकतर औरों को उनका रास्ता तलाशने देने से आपका अपना रास्ता साफ़ हो जाता है। सच हमेशा सीधा और सरल होता है। यदि कहीं कोई समस्या है तो वहाँ कोई न कोई अपरिपक्व सोच वाला शामिल है। यदि कोई समाधान निकल रहा है तो वहाँ ज़रूर कोई परिपक्व सोच वाला उस समस्या से निपट रहा है। हर स्थिति में, एक स्तर तो होता ही है जहाँ सही और ग़लत का बोध तुरंत किया जा सकता है। इससे ठीक ऊपर एक स्तर और होता है जहाँ से समाधान दिख जाता है। ख़ुद को साधारण स्तर से थोड़ा ऊपर उठाएँ, वहाँ एक भिन्न वास्तविकता आपके इंतज़ार में है।

अपने बीते कल को आज की परिपक्वता से देखना ही काफ़ी नहीं है। अपने आज को परिपक्वता से देखेंगे तो भविष्य आपका स्वागत करेगा...

गुरु वह है जो आपको मुक्त कर दे।

यह गहन प्रेम, श्रद्धा, समर्पण और
विश्वास का संबंध होता है।

गुरु सृजन करता है, रूपांतरित करता है और
जिज्ञासु को नवजीवन प्रदान करता है।

गुरु में अवर्णनीय गुरुत्वाकर्षण होता है,
एक अनवरत आकर्षण... आमंत्रण होता है।
उसमें सचमुच कुछ चुंबकीय होता है।

गुरु एक सानिध्य है, एक ऐसा सानिध्य
जो आपके पूरे व्यक्तित्व को ही
रूपांतरित कर देता है।

• • •

धनी होना हर भले व्यक्ति की नैतिक ज़िम्मेदारी है।

हम यदि ख़ुद को एक मलिन और कलंकित समाज में रहता पा रहे है तो इसके लिए बहुत सारे भले लोग ज़िम्मेदार हैं। भले लोगों के साथ समस्या यह है कि उनके पास जो कुछ और जितना कुछ है, वे उसी से संतुष्ट व सुखी रहते हैं, और यह कि उनमें धनी बनने की कोई लालसा नहीं होती... समृद्ध होने को लेकर उन्हें अपने भीतर कोई भावनात्मक अनिवार्यता महसूस ही नहीं होती।

एक उदाहरण लीजिए, सड़क पर सौ का एक नोट पड़ा है। एक भला व्यक्ति यह कहते हुए उसके पास से गुज़र जाएगा, "यह धन मेरा नहीं है, इसलिए मैं इसे छूऊँगा भी नहीं।" इसके बाद उस नोट को एक बदमाश उठा लेता है। भले व्यक्ति को भले ही वह नोट हड़पने की इच्छा न रही हो, लेकिन यदि वह उसे उठा लेता तो उससे वह किसी ग़रीब को भोजन करा सकता था। लेकिन नोट को न उठाकर उसने वह धन एक ऐसे बदमाश के लिए छोड़ दिया जो उस धन को विनाशकारी काम में ही लगाएगा।

किसी भी देश में प्रचलन में चल रही सरकारी मुद्रा एक निश्चित राशि में ही रहती है। इसलिए धन या तो किसी भले व्यक्ति के पास रहेगा या किसी बदमाश के पास। अपनी संतोष की भावना के चलते, धन बटोरने के प्रति रहने वाली अपनी अनिच्छा के कारण भले व्यक्ति उस राशि का अधिकांश भाग बुरे लोगों को उपलब्ध करा देते हैं। हर एक के लिए समृद्धि एक बिंदु के बाद अतिरिक्त हो जाती है। लेकिन अंतर यह है कि भले व्यक्ति के हाथ में रहने वाली वह अतिरिक्त राशि एक बेहतर संसार बनाने में ख़र्च होती है, लेकिन जब वही अतिरिक्त राशि

किसी अनैतिक, असंवेदनशील शैतानी-दिमाग़ के हाथों में पहुँच जाती है, तो वह संसार का अनिष्ट करने में व्यय होती है। एक भला व्यक्ति उस अतिरिक्त राशि को शिक्षा में, स्कूल बनवाने में, परिवेश को बेहतर बनाने में, ग़रीब को भोजन कराने या उसका इलाज कराने में लगाएगा। लेकिन, अनैतिक व्यक्ति उससे विस्फोट करेगा, आत्मघाती दस्ते तैयार करेगा, धार्मिक वैमनस्य फैलाएगा, निर्दोष लोगों को मार डालेगा।

मदर टेरेसा के हाथ में आई अतिरिक्त राशि के बारे में सोचें, और साथ ही ओसामा के हाथों में आई राशि के बारे में सोचें।

सभी भले लोगों से मेरा यही कहना है कि वे धन अर्जित करें और 'समृद्ध भले लोगों' की एक ऐसी बिरादरी बनाएँ जो अपनी अंतरात्मा को बेचती न हो। कोई भी सौ का नोट हम किसी शैतानी-दिमाग़ के लिए सड़क पर पड़ा न छोड़ दें। ऐसे लोगों को कमज़ोर करें। धन के बल को अपने हाथ में लें। अपने पास अतिरिक्त राशि होने दें। हो सकता है कि आपको अपने लिए अधिक की ज़रूरत न हो, तो क्या हुआ? आइए उसे एक बेहतर समाज बनाने के लिए प्रयोग करें।

स्पष्ट है कि धनी होना हर भले व्यक्ति की नैतिक ज़िम्मेदारी है।

यदि हम अपने शिक्षकों से मिली शिक्षा को भूल जाएँ तो हममें कुछ भी शेष नहीं बचेगा।

रमाकांत आचरेकर सचिन तेंदुलकर से बेहतर क्रिकेटर नहीं थे, फिर भी उन्हीं की कोचिंग थी, जिसने सचिन को इस मुक़ाम तक पहुँचाया। ओ. एम. नांबियार कभी पी. टी. ऊषा की बराबरी नहीं कर सकते, लेकिन उन्होंने ही भारत को एक महान धाविका दी। यह द्रोणाचार्य का ही प्रताप था, जिसने अर्जुन को निपुणता की इतनी ऊँचाई तक पहुँचा दिया कि युद्ध में वह अपने ही गुरु का सामना कर सका।

मार्गदर्शन के लिए हमें अपने से बाहर कोई चाहिए, कोई ऐसा दर्पण जो हमें ख़ुद की तस्वीर दिखा सके, जो हमारी वह सबलता हमें बता सके जिसके द्वारा हम अपनी दुर्बलताओं को पछाड़ सकें। अपनी कुशलता को कुशाग्रता में बदलने के लिए हमें प्रशिक्षक की ज़रूरत होती है। अपने ज्ञान को विस्तार देने के लिए हमें शिक्षक की ज़रूरत होती है। अपने आध्यात्मिक स्वरूप के बोध के लिए हमें गुरु की ज़रूरत है।

आपकी नर्सरी टीचर ने आपको जीवन में भले ही वहाँ तक न पहुँचाया हो जहाँ आज आप हैं, लेकिन आपके इस जीवन का निर्माण जिस ज्ञान की आधारशिला पर हुआ है, वह उन्हीं की देन है। अपने मार्गदर्शक के साथ हम अपनी तुलना कर ही नहीं सकते। आप यदि किरणों में से सूर्य को हटा दें तो कुछ भी शेष नहीं बचेगा। आप यदि घड़े में से मिट्टी को हटा दें तो कुछ भी शेष नहीं बचेगा। आप यदि परिणाम में से कारण को हटा दें तो कुछ भी शेष नहीं बचेगा। और यदि हम अपने शिक्षकों

से मिली शिक्षा को भूल जाएँ तो हममें कुछ भी शेष नहीं बचेगा।

गणित के अध्यापक ने बोर्ड पर '1000' लिखा और उस विद्यार्थी से पूछा जो कक्षा में लगातार शैतानी कर रहा था, "यह कितना है?" पूरे विश्वास लेकिन इतना आसान प्रश्न पूछे जाने से चकित उस लड़के ने कहा, "एक हज़ार।" तब अध्यापक ने उस संख्या के दाईं ओर एक शून्य बढ़ा दिया और '10000' की ओर इशारा करके पूछा, "अब कितना है?" लड़के ने तुरंत उत्तर दिया, "दस हज़ार।" फिर अध्यापक ने एक और शून्य बढ़ाया, लेकिन वह शून्य '1' के बाईं ओर था, और '010000' की ओर इशारा करते हुए उससे फिर पूछा, "अब?" "वही... दस हज़ार," लड़के ने बताया। अध्यापक मुस्कुराया और उसने कहा, "जब कोई महत्वहीन अंक किसी महत्वपूर्ण अंक के पीछे लगता है तो वह भी मूल्यवान हो जाता है, लेकिन जब वही महत्वहीन अंक किसी महत्वपूर्ण अंक से आगे चलने का प्रयास करता है तो उसका कोई मूल्य नहीं होता। ऐसा ही संबंध होता है, एक अध्यापक और विद्यार्थी के बीच। विद्यार्थी जब अध्यापक का अनुसरण करता है तो विद्यार्थी मूल्यवान हो जाता है, लेकिन इसका उलट... मैं ख़ुद नहीं बताना चाहूँगा क्योंकि यह बात साफ़ है।"

प्रशिक्षक की महानता यह है कि वह खिलाड़ी को दिखा दे कि वह कितना सक्षम है। खिलाड़ी की महानता यह है कि उसकी जो क्षमता उसे दिखाई गई है, वह वहाँ तक पहुँच जाए।

जब परिवर्तन को लंबे समय तक क़ायम रखा जाता है तो वह संस्कृति बन जाता है।

परिवर्तन के इस दुश्चक्र में फँस जाना कितना थकाऊ और उबाऊ होता है कि हम कोई परिवर्तन करें और फिर उस परिवर्तन को एक नया परिवर्तन देने के लिए दोबारा परिवर्तित कर दें...।

कुछ दिनों पहले चेन्नई में सार्वजनिक स्थानों पर धूम्रपान वर्जित कर देने का क़ानून पारित हुआ। लेकिन परवाह किसे थी? धूम्रपान करते हुए लोग आपको हर तरफ़ मिल जाएँगे। सिंगापुर में भी दो दशक पहले कूड़ा-कचरा इधर-उधर फेंक देना वर्जित किए जाने के लिए क़ानून पारित हुआ था, और अब वहाँ उसका हर कोई पालन कर रहा है। क्यों? अंतर क्या है? चेन्नई में क़ानून के पालन पर नज़र नहीं रखी गई, जबकि सिंगापुर में नज़र रखी गई।

जब परिवर्तन को लंबे समय तक क़ायम रखा जाता है तो वह संस्कृति बन जाता है। चुनौती केवल परिवर्तन कर देने की नहीं है, बल्कि उस परिवर्तन को संस्कृति में ढाल देने की है।

सार्वजनिक स्थानों पर धूम्रपान निषेध के क़ानून के साथ-साथ उसके कार्यान्वयन पर नज़र रखने वाली सक्षम प्रणाली व अधिकारी-कर्मचारी नहीं लगाए गए। इसलिए यह क़ानून केवल किताबों में लिखा रह गया। लेकिन कचरे वाले क़ानून को सिंगापुर में सख़्ती से लागू किया गया। इस प्रकार परिवर्तन स्थाई हो गया और आज वह सिंगापुर की संस्कृति बन चुका है।

एक अच्छा प्रशिक्षण कार्यक्रम, एक अच्छी पुस्तक, एक आध्यात्मिक परिचर्चा अथवा नववर्ष संकल्प - इस प्रकार के बाहरी उत्प्रेरक हमें निश्चय ही परिवर्तन के प्रति प्रेरित करते हैं। इन परिवर्तनों के साथ एकमात्र कमी यह रहती है कि यदि इन पर नज़र न रखी जाए तो ये शीघ्र ही दम तोड़ देते हैं। परिवर्तन करना और फिर उसे छिन्न-भिन्न होने देना हमें मनोवैज्ञानिक रूप से अशक्त बना देता है - चाहे वह सरकार हो, कोई संस्था हो या कोई संगठन।

महान व्यक्तियों और संसार के अन्य लोगों में क्या अंतर होता है ? महान व्यक्ति जब किसी परिवर्तन को ग्रहण करते हैं तो वे उसी के अनुसार आचरण करते हैं और उस पर नज़र रखते हैं, और ऐसा तब तक करते हैं जब तक कि वह परिवर्तन उनकी संस्कृति नहीं बन जाता। इसके विपरीत, संसार के अन्य लोग कोई अस्थाई परिवर्तन कर तो लेते हैं, लेकिन उस पर नज़र रखने के अभाव में उसे बस गुम हो जाने देने के लिए। इसके बाद लोग एक और परिवर्तन का इंतज़ार करने लगते हैं, जैसे नववर्ष या अन्य कोई प्रेरक कार्यक्रम, और दोबारा वही परिवर्तन करने का प्रयास करते हैं, जिनका प्रयास वे पहले भी कर चुके हैं और विफल हो चुके हैं।

यदि परिवर्तन पर नज़र रखी जाए और उसे तब तक क़ायम रखा जाए जब तक कि वह परिवर्तन आपकी संस्कृति ही न बन जाए, तो आपका जीवन उत्थान की ओर बढ़ने लगता है, अन्यथा यह परिवर्तन करना, उसे खो देना, दोबारा परिवर्तन करना और फिर खो देने वाला एक दुश्चक्र बनकर रह जाता है।

यदि हमें लौटकर दोबारा वहीं आ जाना है तो फिर शुरुआत ही क्यों की जाए ?

• • •

दूसरों को श्रद्धापूर्वक देखना एक सकारात्मक गुण होता है किंतु जब यही बढ़ कर आत्मसमर्पण या अधीनता का रूप ले लेता है तब यही एक दुर्बलता बन जाता है। अधीनता ओढ़े बिना श्रद्धा भाव रखिए। आप अपने बॉस से बेहतर बन सकते हैं। जो एक व्यक्ति के लिए संभव है, वह हर एक के लिए संभव है। एक व्यक्ति जो कर सकता है वह हर कोई कर सकता है, बल्कि उससे बेहतर भी। आप पिछलग्गू रहने के लिए पैदा नहीं हुए हैं। याद रखिए, आप ही सबसे अग्रणी शुक्राणु रहे थे। शुक्राणु रूप में भी आप पिछलग्गू नहीं रहे थे। आप अग्रणी हरने के लिए ही पैदा हुए थे। उसी विरासत पर चलते रहिए।

इनफ़िनिमिनट
11:11

ज़्यादा से ज़्यादा लोग सुबह 11:11 बजे होने वाले आध्यात्मिक जुड़ाव की शक्ति को समझने लगे हैं। वे प्रतिदिन ठीक इसी समय एक मिनट के लिए शांतचित्त होकर, आस-पास की गतिविधियों से प्रभावित हुए बिना, इनफ़िनिप्रेयर (प्रार्थना) करते हैं। वे जानते हैं कि महात्रया रा भी इसी एक मिनिट के दौरान ध्यानस्थ होकर, इस ब्रह्माण्ड की शांति में योगदान करते हैं।

11:10 से 11:11 – इनफ़िनिप्रेयर (प्रार्थना) करें
11:11 से 11:12 – ध्यानस्थ रहें

अधिक जानकारी हगेतु www.infinitheism.com देखें

इनफ़िनिप्रेयर (प्रार्थना)

आपकी उपस्थिति को अनुभव कर रहा हूँ।
आपकी अनुकंपा को महसूस कर रहा हूँ।
आपकी तेजस्विता को अनुभव कर रहा हूँ।
आप मेरे लिए विश्वास व शक्ति के स्रोत हैं।
आप ही मेरे पथ व ध्येय हैं।
और मैं हमेशा आपसे जुड़ाव रखता हूँ।
कुछ भी तो मेरा नहीं, सब कुछ आपका ही है।
मुझे अधिक ऊँचाई पर ले जाएँ ...
मुझे अधिक गहराई तक ले जाएँ ...
मुझे सबसे परे ले जाएँ ...
मुझे आप तक ले जाएँ ...

इनफ़िनिप्रेयर को www.infinitheism.com से मुफ़्त डाउनलोड करें